मैं बदल जाती हूं
(*कहानी*)

सामयिक
प्रकाशन

केन्द्रीय हिंदी संस्थान,
मानव संसाधन विकास मंत्रालय, भारत सरकार
द्वारा सम्मानित प्रकाशक

मैं बदल जाती हूं

पैमिला मानसी

सामयिक प्रकाशन
नई दिल्ली-110002

ISBN : 978-81-7138-203-3

प्रकाशक :

सामयिक प्रकाशन

3320-21, जटवाड़ा, नेताजी सुभाष मार्ग
दरियागंज, नई दिल्ली-110002

संस्करण : प्रथम, 2010 मूल्य : 200.00

आवरण : निर्दोष त्यागी

कम्प्यूटर कम्पोजिंग : कल्याणी कम्प्यूटर सर्विसेज,
नई दिल्ली

मुद्रक : बी.के. ऑफसेट, दिल्ली

MEIN BADAL JAATI HOON (*Stories*)
by PAMILA MANSI

Published By : **SAMAYIK PRAKASHAN**
3320-21 Jatwara, Netaji Subhash Marg,
Daryaganj, New Delhi - 110002 (INDIA)
Tel. : (011) 2328 2733, Fax : 2327 0715
Mob.: 09868934715, 09811607086
E-mail : samayikprakashan@rediffmail.com

उन बीते दिनों की याद को, जिन्होंने मुझे अंधेरों से निकालकर रोशनी की तरफ मोड़ा और आज भी मेरे साथ चलते हैं!

अनुक्रम

मेरी बात

होती हूं जब सबके साथ
हँसती हूं मुस्कराती हूं,
अन्याय क्या है, है पीड़ा क्या
यह सब मैं भूल जाती हूं।

होती हूं जब अपने साथ
तो अपने से बतियाती हूं,
पर लेती हूं जब कलम हाथ में
तब मैं बदल जाती हूं।

टीसते हैं पीठ पर बने घाव
औ' ग्रसने लगते हैं मेरी चेतना,
उभरते हैं कुछ चेहरे आंखों में
कुछ दोस्त, कुछ दुश्मन भी,

और बदल जाते हैं उस कायर में
जो दबे पांव पीछे से करता है वार।
मैं सिर पर एक टुकड़ा आकाश,
पांव तले धरती टटोलती रह जाती हूं।

देखते देखते बदल जाती है
मेरी कर्मभूमि एक रणभूमि में
सहकर्मी बन जाते हैं प्रतिद्वंद्वी,
पीछे, बहुत पीछे मैं धकेल दी जाती हूं।

जी रही हूं जिस देश, जिस काल में
वहां न रक्षक, न मार्गदर्शक कोई,
बदल लेता है रंग मसीहा भी
टूटी आस्थाओं को संजो नहीं पाती हूं।

मान-सम्मान जहां खरीदे जाते हैं
इंसान नहीं, मुखौटों को भेंट किए जाते हैं,
जहां बिकते हैं प्यार, इंसान औ' अपनापन
उस मंडी से तालमेल बैठा नहीं पाती हूं।

रहती हूं दूर इन भावनाओं से
लोगों के बीच, दिन के उजाले में,
होती हूं जब केवल अपने साथ
तब भी उनसे आंख बचा जाती हूं,
लेकिन, बैठती हूं जब कलम थाम
क्यों मैं इतनी बदल जाती हूं
मानस-पटल पर उभरें जो भी चित्र
शब्दों में उकेरती जाती हूं?

कह नहीं पाती जो औरों से,
अपने से कहते भी डरती हूं,
वही बांध लेता है मेरी कलम को,
बांधकर उसे कर देता है बंधनमुक्त।
हर डर, हर शंका से उठकर ऊपर,
मैं निर्बाध लिखती जाती हूं।

कलम हाथ में आते ही क्यों
मैं इतनी बदल जाती हूं।

पैमिला मानसी

मैं कल रोऊंगा

''डैड आपके लिए पत्र है।'' वीरेन का उत्तेजित स्वर उससे पहले स्टडी में मुझ तक पहुंच जाता है। मैं ज्योतिष के मोटे से ग्रंथ से नजरें उठाकर देखता हूं। बिल्कुल अपनी मां जैसा। सदा कुतूहल से भरा हुआ। मुझे लेकर सदा एक असुरक्षा की भावना। सदा मेरी डाक मुझसे पहले पढ़ना।

मैं अपने कंधे झटक देता हूं। ''यू ही बता दो क्या लिखा है। तुमने पहले ही पढ़ तो लिया है।''

उसका चेहरा हल्का-सा लाल हो जाता है। ''अमेरिका से है। चाचा ने लिखा है कि वे कुछ विश्वविद्यालयों में तथा पूर्व के ज्ञान पर होनेवाले एक सम्मेलन में आपके व्याख्यान रखवाने का प्रयास कर रहे हैं।''

यह समाचार मुझमें उत्साह का कोई संचार नहीं करता।

''डैड, इस बार मैं भी आपके साथ जाऊंगा। मैं आपको 'एक्शन' में देखना चाहता हूं।''

"हो सकता है मैं यह निमंत्रण स्वीकार ही न करूं।"

"ऐसा मत कहिए। आप वेदांत पर अपने ज्ञान के लिए विख्यात हो रहे हैं। मां होती तो कितनी खुश होती। वह हमेशा आपको धनी और प्रसिद्ध देखना चाहती थी। वह जानती थी आप ऐसा करने में समर्थ हैं। कितनी सही थी वह।"

वह फिर शुरू हो गया था। अपनी मां की व्यावहारिक समझ को महानता का दर्जा देकर, उसके गुणगान करता हुआ। एक थकावट-सी मेरे ऊपर छाने लगी। एक उदासी भी। कुरसी को पीछे की ओर धकेलकर मैं अपनी टांगें सीधी करता हूं और सिर पीछे।

"मैं आराम करना चाहता हूं। कोई मुझे डिस्टर्ब न करे।"

"आपने लोगों को मिलने का समय दे रखा है।"

"सबको मना कर दो। केवल इतना कह दो कि मैं आज अस्वस्थ हूं और कुंडलियों पर ध्यान नहीं दे पाऊंगा।"

विषण्ण हो, मैं वीरेन को कमरे से बाहर जाते हुए देखता हूं। तुमने अभी क्या कहा था पुत्र? कि मैं धनी और प्रसिद्ध हूं? तुम तो उस टीवी शो के प्रस्तोता की तरह बात कर रहे हो, जिसमें एक बार मुझे बुलाया गया था। हां, तुम्हारी मां इस सबमें बहुत गौरव अनुभव करती। अफसोस वह यह सब देखने के लिए यहां नहीं है, परंतु इस प्रसिद्धि की कीमत क्या है और गौरव कहां है? एक ही स्थिति के विषय में हम लोगों के दृष्टिकोण कितने भिन्न हो सकते हैं। मेरे आसपास जो प्रभामंडल तुम्हें दिखाई देता है, वही मेरी घायल आत्मा के लिए संताप है। मैं कई ऐसे प्रश्नों से व्यथित हूं, जिनके उत्तर नहीं। यह प्रसिद्धि किस चीज पर टिकी है? ज्ञान? प्रकाश? मुझे बताओ पुत्र, ज्ञान क्या है? प्रकाश कहां से आता है? भीतर से या बाहर से? वेदों को पढ़ने से या स्वयं अपने को जानने से? मैं जब से बीमारी से उठा हूं, इसी प्रकार के कई प्रश्नों से जूझ रहा हूं।

वर्षों पहले मैंने गुरुजी से प्रतिज्ञा की थी कि मैं उन पांच वेदना भरे, यद्यपि सर्वाधिक स्मरणीय वर्षों को भुला दूंगा। ऐसा करने के लिए मुझे अपने व्यक्तित्व के ही एक हिस्से को नकार देना पड़ा। मैं प्रायः सोचता हूं गुरुजी ने मुझसे यह प्रतिज्ञा क्यों ली। क्रांति ने भी मुझे मेरे ही उस वायदे से जकड़ लिया, जो उसने अपनी मृत्यु शय्या पर मुझसे ले लिया था। अपने ही शब्दों का बंदी बन गया मैं। यदि संध्या ने भी मुझसे यूं ही कोई प्रतिज्ञा मांग ली होती तो क्या होता। उस स्थिति में क्रांति का क्या होता! और वीरेन का?

मैं ग्रंथ को धीरे-से मेज पर रख देता हूं और अपने कमरे में चला जाता हूं। दरवाजा बंद करके बिस्तर पर लेट जाता हूं। अचानक मैं बेहद थका हुआ अनुभव करता हूं और स्मृतियों के आक्रमण को रोक नहीं पाता। स्मृतियां, जो मुझे सदा के लिए पीछे छोड़ देनी थी, और उस एक औरत के विचार, जिससे मैंने प्रेम किया था। जिस औरत का मैंने परित्याग किया और सदा के लिए एक दुःख पाया, जिससे बचने के लिए मैंने वेदांत के मोटे-मोटे ग्रंथों का सहारा लिया।

मैं आज भी टेलीफोन की वो तीखी घंटी सुन सकता हूं और सुन सकता हूं गिरिजा को यह कहते हुए कि वह अपनी पत्नी शैल की कज़िन को मुझसे मिलने के लिए लाना चाहता है। मैंने उसे शाम को घर आने के लिए कह दिया।

''संध्या बहुत अभागी है।'' गिरिजा ने कहा, ''एक दुर्भाग्यपूर्ण विवाह में फंसी हुई वह अब पिछले दो महीनों से काफी बीमार भी है। नर्वस ब्रेकडाउन। शैल को उससे बहुत लगाव है और वह उसे लेकर काफी चिंतित है।''

बचपन से ही मुझे लोगों का भविष्य देख पाने का वरदान प्राप्त है। मेरे पूर्वबोध प्रायः सही निकलते। लोग यह भी कहते हैं कि उन्हें मेरी उपस्थिति में शांति अनुभव होती। इस सबने मुझे अत्यधिक लोकप्रिय बना दिया, विशेषकर महिलाओं में, और यह बात क्रांति को असह्य थी।

उस दिन न जाने क्यों, मैं गिरिजा के फोन के बाद इतना अन्यमनस्क हो उठा कि शेष दिन काम में ध्यान नहीं लगा सका। जब भी किसी चीज में ध्यान लगाने का प्रयास करता, मुझे एक सुंदर, उदास चेहरे की धुंधली-सी छाया दिखती। वह चेहरा, जो मैंने सपनों में देखा था। वह चेहरा, जो मुझे एक चाहत से भर देता था। एक ऐसा चेहरा, जो मुझे किसी अन्य संसार, किसी अन्य समय से याद था।

घबराकर मैं दफ्तर से जल्दी उठ गया, ताकि घर जाकर गिरिजा के आने से पहले कुछ ध्यान-साधना कर सकूं। जब भी कोई और चीज़ मेरी सहायता नहीं कर सकी, मुझे साधना ने ही संबल दिया है। मुझे आज भी शिमला में हुई गुरुजी से पहली भेंट याद है। मैं उस समय किशोर ही था और अपने मित्रों के साथ वहां गया था। सम्मोहित करती हुई नज़र से मेरी आंखों में देखते हुए उन्होंने घोषणा की थी कि ईश्वर ने मुझे वहां उनका शिष्य बनने के लिए ही भेजा था। मेरी आत्मिक और अतींद्रिय शक्ति बढ़ाने के लिए उन्होंने मुझे ध्यान और साधना की शिक्षा दी। मुझे यही सब अपनी नियति प्रतीत होने लगा, जिसका निर्णय पहले ही कहीं हो चुका था। वर्ष में एक महीना मैं पहाड़ों में बिताने लगा। गुरुजी ने

मुझे प्राचीन धार्मिक ग्रंथों में दीक्षा दी।

''तुम स्वयं ईश्वर के चुने हुए कुछ लोगों में से एक हो।'' गुरुजी प्रायः कहते, ''कभी अपने सीधे, सरल मार्ग से न भटकना, नहीं तो तुम्हें बहुत पीड़ा पहुंचेगी। जब भी कोई उलझन हो, मेरे पास चले आना।''

जब गुरुजी ने पहली बार ऐसा कहा था तो मैं कांप उठा था, परंतु जीवन में मैं काफी सफल रहा। स्कूल, कॉलेज और एक अच्छी नौकरी। एक निर्विघ्न यात्रा। मेरी सुबह-शाम ध्यान और साधना के लिए थी और दिन जीवन के कामकाज के लिए। फिर भी कभी-कभी किसी आनेवाले अशुभ के विषय में सोचकर मैं आशंकित हो उठता। आखिर गुरुजी की उस चेतावनी का अर्थ क्या था। उन्होंने मुझे किसी पराई औरत के समीप न जाने की चेतावनी भी दी थी, 'नहीं तो तुम अपनी सारी अतींद्रिय शक्तियां खो बैठोगे और तुम्हारे आसपास सबको भयंकर, अनावश्यक पीड़ा पहुंचेगी।' स्पष्ट है कि मेरे जीवन में कोई प्रेमसंबंध नहीं रहा। मेरा प्रेम केवल मेरी पत्नी के लिए सुरक्षित था।

विवाह के कुछ वर्ष पश्चात ही लगने लगा जैसे जीवन में किसी प्रकाश बिंदु की कमी है। क्रांति को भी शायद ऐसा ही प्रतीत होता था। वह दिन पर दिन अधिक असुरक्षित अनुभव करने लगी। वह समझती हर औरत की नजर मुझ पर ही है। उसके अपने भाई की पत्नी पूनम पर उसे सर्वाधिक संदेह था। हमारे विवाह की 25वीं वर्षगांठ थी। हमने कुछ मित्रों और रिश्तेदारों को डिनर पर बुला रखा था। जब तेज और पूनम ने भीतर प्रवेश किया तो क्रांति अपनी बहन से बात कर रही थी। मैं दरवाजे के पास ही खड़ा था। पूनम ने उल्लास से मुस्कराते हुए फूलों का गुच्छा मुझे ही पकड़ा दिया। क्रांति ने यह लक्ष्य कर लिया और हम लोगों की ओर बढ़ आई।

''फूल! केवल उनके लिए? मेरे विवाह की सालगिरह भी तो है।'' उसने चाशनी भरे स्वर में शिकायत की।

लज्जित-सी होते हुए पूनम ने अगले पांच मिनट जवाबदेही में बिताए। बाद में क्रांति मेहमानों से खाना शुरू करने का अनुरोध करके स्वयं रसोईघर की ओर खो गई। सब लोग उसकी प्रतीक्षा करने लगे। कुछ क्षण बाद मैं पूनम की ओर मुड़ा, ''मेहमानों को प्लेटें देने में मेरी मदद करो।'' पूनम ने झिझकते हुए मेरी ओर देखा और फिर वैसा ही करने लगी। तभी क्रांति कमरे में लौट आई। पूनम को मेरी बगल में खड़े प्लेटें बांटते देख वह पागल हो गई।

"मेरे घर में होस्टेस बनने का तुम्हें इतना शौक है क्या?" वह तीखे व्यंग्य से बोली।

तमतमाए चेहरे से पूनम ने डांटा, "क्रांति डोंट फॉरगेट योअर मैनर्स।" फिर तेज की ओर मुड़कर बोली, "इसी कारण मैं यहां नहीं आना चाहती। यह हमेशा मेरे साथ बदतमीजी करती है।" उसे शांत करता हुआ तेज उसे एक कुरसी की ओर ले गया।

मैं सख्ती से क्रांति की ओर मुड़ा, "तुम्हें पूनम से क्षमा मांगनी होगी। तुमने उसका बहुत अपमान किया है।"

"क्षमा! किसलिए? उसे याद रखना चाहिए कि यह मेरा घर है।"

मेरे कुछ बोलने से पहले ही तेज हमारे पास चला आया, "देखो क्रांति, में अपनी पत्नी का इस तरह अपमान नहीं करवा सकता। यदि तुम्हें मेरे साथ संबंध बनाए रखने हैं, तो तुम्हें उसका आदर करना सीखना होगा।"

क्रांति क्रोध में मुझे घूरते हुए बोली, "देखा, वह किस प्रकार अपनी पत्नी का साथ देता है जबकि तुम हो कि...कि...।"

"अपने पर काबू रखो, क्रांति! तुम इस शाम को खराब कर रही हो।"

"उस कुतिया ने मेरी शाम खराब कर दी है।" क्रांति को कोई पश्चाताप नहीं था।

पूनम झटके से उठ खड़ी हुई, "अब मैं एक पल भी यहां नहीं रुकूंगी।"

इससे पहले कि वह बाहर जा पाती, कमरे में उपस्थित सभी लोगों ने बीच-बचाव किया। तब तक क्रांति की तबीयत वास्तव में खराब हो गई। उसे एक-दो बार उल्टी हुई और वह पेटदर्द की शिकायत भी करने लगी। शाम तो बरबाद हो ही चुकी थी।

क्रांति को समझाने के मेरे प्रयास विफल हो गए। बारंबार आरोप लगाए जाते और बहस होती, हालांकि उसके बिगड़ते स्वास्थ्य के कारण मैं भरसक उनसे बाहर ही रहने का यत्न करता। उसे प्रायः मतली होती, पेटदर्द की शिकायत रहती और बेचैनी का अनुभव भी। डॉ. बुटालिया के अनुसार यह सब अत्यधिक मानसिक उत्तेजना के कारण होता।

मैं उसकी असुरक्षा की भावना की जड़ तक पहुंचना चाहता, "तुम्हें मुझ पर अविश्वास क्यों है। मैंने तो तुम्हें कभी कोई कारण नहीं दिया।"

अपने विवेकपूर्ण क्षणों में वह कहती, "मैं सदा तुम्हारे और अपने बीच एक छाया-सी देखती हूं। मैं जानती हूं मैं तुम्हारे योग्य नहीं। केवल बाहरी सौंदर्य में ही नहीं, पूरे व्यक्तित्व में। सच कहो, तुमने मुझसे विवाह क्यों किया?"

ऐसे क्षणों में मैं कोई न कोई निरर्थक बात कह दिया करता, मैं जानता था इस विवाह का आधार बराबरी नहीं थी, परंतु मेरे मन में यह भी तय था कि सज़ा मैं भुगतूंगा, वह नहीं। मुझे सदा उसका ध्यान रखना होगा और उसकी रक्षा करनी होगी। मेरी पत्नी थी वह। फिर भी कभी हृदय में एक हल्की अनचीन्ही-सी इच्छा जाग्रत होती। मुझे अपने भीतर प्रेम का एक अनछुआ-सा झरना अनुभव होता, जो मेरे अपने जैसे किसी के लिए ही सुरक्षित था। कभी-कभी प्रतीत होता जैसे कोई महान प्रेम मेरे जीवन में आनेवाला है। अगले ही क्षण मैं अपने को डपट देता। मुझे अपने चुने हुए मार्ग से भटकना नहीं था। स्वप्न फिर भी बना रहा।

उस शाम जब कॉलबेल बजी तो मैं तेज़ कदमों से दरवाजे तक पहुंचा। हैंडल पर हाथ रखते ही मुझे अपने सपनों में दिखनेवाली सुंदर, उदास मुखाकृति दरवाजे के दूसरी ओर दिखाई दी। सफेद लिबास में लिपटी। अपनी मूर्खता पर झुंझलाते हुए मैंने दरवाजा खोला। मेरा तो दिल ही रुक गया जैसे। वही थी। वास्तव में ही गिरिजा और शैल के साथ खड़ी। बिल्कुल वैसी ही जैसी मैंने एक पल पहले अपनी कल्पना में देखी थी। समय ठहर गया। किसी प्रकार अपने को संतुलित कर मैंने उन लोगों को भीतर बुलाया और स्वयं संध्या के पास ही बैठ गया। वह भी मेरे चेहरे से आंखें नहीं हटा पा रही थी, जैसे याद कर रही हो मुझे पहले कहां देखा था। कागज के एक टुकड़े पर कुछ लिखकर मैंने उसकी ओर बढ़ा दिया, "क्या आपकी जन्मतिथि यही है?"

उसने हैरानी से 'हां' में सिर हिला दिया।

"चिंता न करें। अब मुझसे भेंट होने के बाद सब कुछ ठीक हो जाएगा।" शब्द जैसे स्वयं बहने लगे "आपको मुझसे मिलना ही था। यह तो नियत था। कल से ही आपके स्वास्थ्य में सुधार आरंभ हो जाएगा, बल्कि आज से ही। आपके व्यक्तिगत जीवन में भी सुधार होगा। मुझसे मिलने के पांच वर्ष बाद आप अपने बीते हुए कल को बहुत पीछे छोड़ देंगी और कभी मुड़कर नहीं देखेंगी।"

संध्या एकटक मुझे देखती रही। मुझे उसके साथ एक अद्‌भुत-सा संबंध अनुभव होने लगा। मुझे विश्वास होने लगा, हम पहली बार नहीं मिले थे। हमारा

संबंध किसी पिछले जन्म तक जाता था। उसका पूरा जीवन एक ही झलक में मुझे दिखाई दे गया। मेरी अंतर्दृष्टि अपने चरम पर थी।

शैल ने पूछा, "संध्या के भविष्य में क्या है? क्या वह अपने पति के पंजों से निकल पाएगी?"

"अवश्य! लेकिन इस समय मैं केवल इतना ही बता सकता हूं। हम फिर मिलेंगे।" फिर संध्या की ओर मुड़कर मैंने मुलायम आवाज में कहा, "अब चिंता छोड़ दो।"

उस रात ध्यान में बैठा तो रह-रहकर संध्या का चेहरा याद आने लगा। मैंने उसके भविष्य में झांकने का प्रयास किया, परंतु कुछ भी दिखाई नहीं दिया। यह एक अजीब बात थी। उसका अब तक का जीवन मेरे समक्ष एक खुली पुस्तक जैसा था। मैं कोई भी अध्याय पढ़ सकता था, परंतु भविष्य अज्ञात ही रहा।

अगली सुबह मैं जैसे ही खाने के कमरे में पहुंचा, मैंने क्रांति को नौकर पर चम्मच फेंकते देखा। "तुम ठीक से चीजें साफ नहीं कर सकते।" वह उस बिचारे पर चिल्ला रही थी। स्थिति की उपेक्षा करते हुए मैं नाश्ते के लिए बैठ गया। वह मेरे लिए टोस्ट पर मक्खन लगा रही थी। तो छुरी प्लेट से टकरा रही थी। स्पष्ट ही उसका मूड बहुत बिगड़ा हुआ था।

अचानक वह फट पड़ी, "मुझे वह औरत बिल्कुल पसंद नहीं आई।" तो यह कारण था।

मैंने ध्यान से उसकी ओर देखा तो उसने आक्रमण का रास्ता बदल लिया, "तुम लोगों पर बहुत समय नष्ट करते हो। इसके बजाय भारतीय दर्शन पर लेक्चर देकर और कुंडलियां देखकर तुम हज़ारों रुपये कमा सकते हो।"

"तुम अच्छी तरह जानती हो मैं कुंडलियां नहीं देखता।" मैंने उत्तर दिया, "जो भी बताता हूं, वह मेरी अंतर्दृष्टि है, और अंतर्दृष्टि बिकाऊ चीज नहीं है।" नाश्ता बीच में ही छोड़कर मैं दफ्तर चला गया। कुछ समय से क्रांति इसी प्रकार की बातें करने लगी थी। वह चाहती थी मैं दुकान खोलकर अपनी अतींद्रिय शक्तियों का व्यापार करने लगूं। हमारे बीच एक और दरार पड़ रही थी।

संध्या अक्सर गिरिजा और शैल के साथ मुझे मिलने आ जाती। मैंने उसे भी ध्यान और साधना का मार्ग बताया और इसका परिणाम दो ही महीने में दिखने भी लगा। वह मेरी 'स्टडी' में बैठी घंटों मेरे वचन ध्यानपूर्वक सुनती तो उसे चेहरे पर मुझे एक नई आभा दिखाई देती। उसका संवेदनशील सुकुमार चेहरा, उसकी

उपस्थिति ही मेरे लिए अमृत-सी थी। औरों की उपस्थिति से अनजान वह मेरा कहा एक-एक शब्द आत्मसात करती जाती।

एक दिन मैं ध्यान लगाने के लिए अपने कमरे में जा रहा था कि क्रांति ने टोका, 'वह औरत मेरे घर क्यों आती है? मैंने तुम्हें कहा था कि मैं उसे नापसंद करती हूं।'

''तुम जानती हो क्यों। वह गिरिजा की रिश्तेदार है और गिरिजा मेरा मित्र है।'' मैं पुनः दरवाजे की ओर बढ़ा।

''तुम अब कहां जा रहे हो!''

''ध्यान के लिए।''

''तुम केवल मुझसे बच रहे हो।''

उसकी आवाज में कुछ था, जिसके कारण मैं खड़ा रह गया। उसके मुख पर नग्न डर था। 'यदि कभी मेरे शब्द सख्त लगते हों तो मुझे क्षमा करना, परंतु स्थिति को और कठिन न बनाओ। तुम्हारी सेहत पहले ही ठीक नहीं रहती।'

'तुम अब मुझे प्रेम नहीं करते।' उसने आरोप लगाया।

'करता हूं। तुम मेरी पत्नी हो।'

'सच!' वह मजाक उड़ाती हुई बोली, 'तुम बहक रहे हो।'

'बस करो।' मैंने कुछ क्रोध में कहा। मैं बहक रहा हूं, जीवनभर इतने संयम के बाद, यह विचार ही बेतुका था। मेरा मार्ग आध्यात्मिकता का मार्ग था। सांसारिक सुख मुझे कैसे बहका सकते थे।

मैंने एक और निद्रारहित रात बिताई। यह सही था कि जीवन में कई प्रलोभन आए थे, परंतु मैंने सरलता से उन पर विजय प्राप्त कर ली थी। 'और संध्या?' मेरे भीतर किसी ने कचोटा।

संध्या और मैं एक-दूसरे के प्रति खिंचते गए। हम एक-दूसरे से प्रेम करने लगे थे, और हमें शब्दों में यह कहने की भी आवश्यकता नहीं थी।

एक शाम मैं उसी के विषय में सोचता हुआ स्टडी में खिड़की के पास खड़ा था कि धीमे से दरवाजा खुला। मैं मुड़ा तो उसे अकेले ही दरवाजे पर खड़े पाया। हल्के आसमानी रंग की साड़ी में लिपटी वह इस संसार की नहीं लग रही थी। मेरी बाहें खुलकर फैल गईं और वह उनमें चली आई। उस एक क्षण में मैंने अनंत का अनुभव कर लिया। हम एक-दूसरे के थे। यही सत्य था।

तभी किसी के पैरों की आहट ने हमें सतर्क कर दिया। संध्या दूर छिटक गई।

''तुम मेरे जीवन में क्यों चली आई प्रिये। वह भी इस आयु में।'' मेरा मन रोया।

क्रांति ने कमरे में प्रवेश किया। 'मैंने सोचा शायद तुम लोग चाय लेना पसंद करो। यहीं भिजवा दूं क्या।' उसने हमें टटोलते हुए पूछा। संध्या का रंग एकदम श्वेत हो गया था, फिर भी उसने संतुलन नहीं खोया।

उस रात मैं क्रांति के क्रोध का सामना करने के लिए पूरी तरह तैयार था। वह स्टडी में ही चली आई। उसके लंबे घने काले बाल खुले थे और आंखें लाल थीं।

'मैं तुमसे बात करना चाहती हूं।' उसने लौह-स्वर में कहा।

'क्या बात है क्रांति? तुम बहुत गंभीर लग रही हो।'

'यह तो मेरा भाग्य है। तुम जानते हो मेरा अंत क्या होनेवाला है।' उसके होंठ कांपने लगे और उसकी आंखों में आंसू भर आए। क्रोध का क्षण बीत चुका था। वह अस्वस्थता और शारीरिक कष्ट की शिकायत करने लगी। कोई भयंकर रोग होने की स्थिति में उसने मुझे वीरेन के प्रति मेरे कर्तव्य का बोध कराया। वीरेन एक अच्छा पुत्र था, परंतु उसने कभी किसी प्रतिभा का परिचय नहीं दिया था, न ही किसी कार्य विशेष में कोई दिलचस्पी दिखाई। जब भी मैंने उसे कुछ समझाने का प्रयास किया, क्रांति उसके बचाव के लिए इस आक्रामकता से बीच में आई कि मैं पीछे हट गया। इसी बीच क्रांति को पेट में भयानक दर्द रहने लगा था। कभी-कभी खून की उल्टी भी होती। डॉक्टर कई प्रकार के परीक्षण कर चुके थे। अब परिणामों की प्रतीक्षा थी।

अगले कुछ दिनों के भीतर ही डॉक्टरों ने पुष्टि कर दी कि उसे पेट का कैंसर था। उनके अनुसार उसका जीवन अधिक से अधिक दो वर्ष और था। मेरे दुःख का प्याला भर चुका था। मेरी पहली प्रतिक्रिया थी संध्या से बिलकुल कटकर पूर्ण रूप से क्रांति के प्रति समर्पित हो जाना। संध्या जीवन में एक अनावश्यक उलझन प्रतीत होने लगी।

वह अगली बार मिलने आई तो मेरा चेहरा राख-सा हो गया। 'तुम जाओ, प्रिये! मेरे संसार में तुम्हारे लिए कोई स्थान नहीं है।' मैं मन ही मन रोया। शायद उसने वह खामोश रुदन सुन लिया। उसकी आंखें कुछ पल मेरे चेहरे पर घूमती

रहीं, ध्यान से उसे पढ़ती हुईं। फिर वह मेरे अध्ययन-कक्ष और जीवन से चुपचाप बाहर हो गई। उसके बाद से मैंने उसे आज तक नहीं देखा।

आनेवाला पखवाड़ा एक धुंध में व्यतीत हुआ। डॉक्टर, दवाएं और आंसू। इन सबके बीच एक अन्य कचोटनेवाली चिंता। संध्या इतने दिन से मिलने क्यों नहीं आई। गिरिजा तो प्रायः आ जाता था, लेकिन मैंने उससे कुछ नहीं पूछा। अपनी ही छवि का बंदी, मैं नहीं चाहता था कि वह सच को जान पाए। एक दिन वह स्वयं ही उसके विषय में बात करने लगा।

"संध्या वापस चली गई है।"

"कहां?" मैंने व्यथित हो पूछा।

"अपने पिता के घर। वह अमेरिका जाने की सोच रही है।"

तो वह इस प्रकार एक अध्याय को बंद कर रही थी।

अगले दो वर्ष बहुत कष्ट में व्यतीत हुए। क्रांति मर रही थी। वीरेन यूं ही दिन काट रहा था। संध्या मेरे जीवन से ओझल हो चुकी थी। मैं अपना संतुलन लगभग खो रहा था। किसी भी चीज में मन नहीं लगता था। परिचितों और मित्रों से भी बचता। क्रांति का राज्य सर्वोपरि था। मैं उसकी प्रत्येक इच्छा पूरी करता। मेरे प्रति उसका प्रेम और भी कठोर मांगे करनेवाला और भी जकड़नेवाला हो गया।

उसके जीवन के अंतिम दिन अत्यंत कष्टमय थे। वह केवल दवाइयों के सहारे जीवित थी। उसका चेहरा एक मुड़े-तुड़े कागज-सा हो गया था। शरीर का मांस जैसे घुल गया था और अपने पीछे छोड़ गया था नुकीली हड्डियां।

मृत्यु से कुछ घंटे पहले उसने मेरा हाथ कसकर थाम लिया। "मेरे साथ मेरी यादों को भी न जला देना।" वह गिड़गिड़ाकर बोली, "यदि तुम किसी दूसरी औरत की ओर मुड़े तो मुझे कभी शांति नहीं मिलेगी।"

मैं मुस्कराया, "दूसरी औरत क्रांति! इस आयु में!"

"हां!" वह हांफती हुई कहने लगी, "कोई भी औरत तुमको प्रेम कर सकती है, अब भी, मगर तुम कभी न भूलना कि मैं तुमसे प्रेम करती थी।"

"मैंने कभी इस बात पर संदेह नहीं किया।" मैंने उसे विश्वास दिलाया, "मैं दूसरा विवाह नहीं करूंगा। वचन देता हूं।"

मेरे उत्तर ने किसी परेशानी को दूर कर दिया जैसे। "मैं एक और वादा चाहती हूं। वीरेन हमारी इकलौती संतान है। सदा उसका ध्यान रखना। अपने ज्ञान

का उचित लाभ उठाओ। तुम बहुत धनी और प्रसिद्ध हो सकते हो। वीरेन को भी यह ज्ञान प्रदान करके आजीविका कमाने का साधन दो।"

मुझे समझ नहीं आया क्या कहूं।

"मेरा समय आ गया है।" मुझे झिझकते देख वह आग्रह करने लगी, "वचन दो तुम हमारे बेटे के लिए यह करोगे। मुझे शांति से मरने दो।"

मैं उसे इतने कष्ट में नहीं देख पाया, "मैं वचन देता हूं क्रांति।"

वह उस रात दूसरे लोक में चली गई। मैं गहरे विषाद में घिर गया। उसकी मृत्यु मेरे जीवन में एक शून्य छोड़ गई। उसको दिए गए अपने दूसरे अनावश्यक वचन पर मुझे पश्चाताप भी हुआ। इन सबसे ऊपर मुझे संध्या की चिंता जकड़ने लगी।

जीवन का पूरी तरह सामना कर पाने में असमर्थ मैंने गुरुजी से मिलने का निर्णय लिया। शिमला तक की यात्रा पहले जैसी ही आत्मा को जगा देनेवाली थी। गुरुजी का शरीर पिंजर हो चुका था। मुझे देखते ही उनका मुख दमकने लगा, "मैं इतने दिन से तुम्हारी ही राह देख रहा हूं, पुत्र। पृथ्वी पर मेरा समय समाप्त हो रहा है।"

मैं उनका हाथ थामकर बैठ गया।

"पुत्र, तुमने जो किया, वही सही था। तुम्हारे पास एक ही रास्ता था। तुम्हारा आचरण एक कुलीन पुरुष जैसा ही था।"

"परंतु उस निर्दोष आत्मा का क्या, जिसे मैंने अपने जीवन से बहिष्कृत कर दिया? क्या उसकी रक्षा करना मेरा कर्तव्य नहीं था?"

"और तुम कर भी क्या सकते थे? नहीं तो तुम अपनी पहले से मरती हुई पत्नी को मार देते।" उन्होंने मुझे सांत्वना दी। "जो बीत गया, उसकी चिंता मत करो। उस राह पर पागलपन है। तुम्हें अपनी पत्नी को दिया गया दूसरा वचन अभी पूरा करना है। तुम्हारा गुरु होने के नाते मैं तुम्हें गत पांच वर्षों को भूलकर जीने का आदेश देता हूं। आज से अपनी अतींद्रीय शक्तियों को भूलकर केवल मानसिक योग्यता का उपयोग करो।"

हम दोनों कुछ देर चुप रहे। वे फिर बोले, "देशकाल में बंदी हम अलग-अलग आत्माएं हैं, हममें से प्रत्येक अपनी नियति को पूरा करने के लिए आगे बढ़ रही है। ईश्वर हमसे केवल जीवन से भाग न जाने का साहस मांगता है।"

मैं लगभग एक पखवाड़ा गुरुजी के पास ठहरा रहा। घर वापस पहुंचते ही मैंने उनके निर्देश का पालन आरंभ करने में समय नहीं गंवाया। संसार में पूर्व के ज्ञान के प्रति बढ़ती हुई रुचि को धन्यवाद कि मैं बहुत पैसा कमाने लगा। कुछ और वर्षों की बात है। मैं वीरेन के लिए पर्याप्त धन छोड़ जाऊंगा। मैं जब-जब व्याख्यानों के लिए अमेरिका गया, मेरी आंखें श्रोताओं में संध्या को ढूंढ़ती रहीं, परंतु बिना किसी आशा के। मैं जानता था, वह कभी नहीं आएगी।

कल गिरिजा मिलने आया था। आते ही उसने एक पैकेट मेज पर रख दिया, "यह संध्या ने तुम्हारे लिए भेजा है। उसका पहला उपन्यास।" पैकेट उठाते हुए मेरे हाथ कांपने लगे। खोलकर मैंने केवल शीर्षक ही देखा और फिर उसे अलमारी में बंद कर दिया...

...यकायक तीव्र इच्छा हुई है उस पुस्तक को पुनः देखने की। मैं उसे अलमारी से निकालकर, कसकर हाथ में पकड़े स्टडी में वापस चला जाता हूं और खिड़की के पास खड़ा हो जाता हूं—एक भूले-बिसरे क्षण की स्मृति में। शीर्षक पर अपनी अंगुलियां फिराता हूं 'मैं कल रोऊंगा'। एक पन्ना पलटता हूं। पुस्तक मुझे समर्पित है। मैं पढ़ना आरंभ करता हूं तो संध्या का चेहरा उभर आता है, रोता हुआ।

रो लो प्रिये, रो लो। मैं तो वह भी नहीं कर सकता। अभी बहुत कुछ करना शेष है। अभी तो अपने बेटे के लिए छोड़ जाने को पर्याप्त धन अर्जित करना है। संपत्ति के कुछ विवादों को भी सुलझाना है, और हां प्रिये, यह तुम्हारा उपन्यास भी तो पढ़ना है मुझे। मैं फिर कभी रोऊंगा...शायद कल।

विधाता

मैं एक चित्रकार हूं। एक असफल चित्रकार। समय के किसी मोड़ पर यह असफल चित्रकार एक सफल 'आर्ट मैनेजर' बन गया। 'आर्ट मैनेजर' बनकर उसने कई चित्रकारों को बनाया, कइयों को मिटाया और कला-क्षेत्र में बहुत मनमानी की। हर आनेवाले कलाकार के भाग्य का फैसला करनेवाला विधाता बन बैठा। एक चित्रकार के रूप में मैं शिखर तक पहुंचना चाहता था। आसमान को अपनी मुट्ठी में कैद कर लेना चाहता था। आसमान पर केवल मेरा अधिकार हो। मेरा...मेरा...मेरा। शिखर पर केवल मैं आसीन होऊं। मैं...मैं...।

शुरू के उन दिनों में लगता था जैसे शिखर तक पहुंचने में बहुत समय नहीं लगेगा। जैसे मैं आसमान से बहुत दूर नहीं। संपन्न परिवार का इकलौता बेटा। शायद ही कभी किसी युवा कलाकार को इतना प्रोत्साहन मिला हो।

अपने कैनवस पर जब मैं रंगों को सीधा ट्यूब से लगाकर उन्हें ब्लेड से फैलाता और फिर कहीं-कहीं मोटे बुरुश से शेडिंग देता तो स्वयं अपनी इस शैली पर बहुत मोहित होता।

मेरा एक मित्र हुआ करता था उन दिनों--वासु। वह प्रायः मेरे चित्रों को देखकर कहता, 'वीरेन, इतने सुंदर चेहरे पूरे बनते-बनते बिगड़ क्यों जाते हैं? क्यों कुछ ऐसी रेखाएं बना देते हो, जिनके कारण जैसे शैतान झांक रहा हो, कभी आंखों से, कभी होंठों की कोरों से।'

मैंने वासु को ही काट दिया अपने जीवन से। अपनी कला की आलोचना मुझे सहन नहीं थी। धनी परिवार के संपर्कों के कारण बीस-इक्कीस की आयु में ही एक गैलरी में तीन अन्य चित्रकारों के साथ एक प्रदर्शनी में भाग लेने का अवसर मिला। लगा अब चमकेगा कला क्षितिज पर एक नया सितारा, लेकिन ऐसा कुछ नहीं हुआ। बीतते वर्षों के साथ मेरे द्वारा चित्रित चेहरे और भी विकृत होते गए और मैंने पाया कि अन्य लोग भी वासु के ही शब्दों को दोहराने लगे थे। यह भी कहा जाता था कि मेरे चित्रों में मेरे अपने ही मन की कोई विकृति उभर आती थी। मेरे चित्रों का कोई ग्राहक नहीं था।

जब पारिवारिक बिजनेस में शामिल होने का समय आया तो मैंने अपनी स्वयं की 'आर्ट गैलरी' खोलने का निश्चय किया। अपनी 'आर्ट गैलरी' होगी तो जब चाहूं, जितने चाहें, अपने चित्र वहां रख पाऊंगा। वैसे भी कला में रुचि रखना उच्च मध्यवर्ग में एक प्रकार का फैशन बनता जा रहा था। इसलिए अब इस व्यवसाय में पैसा भी बहुत था, और यदि चल निकला तो हाथ में एक प्रकार की ताकत अलग। पिता ने दक्षिण दिल्ली में एक पूरी मंजिल मुझे आर्ट गैलरी के लिए दे दी। मैंने ठान लिया दक्षिण दिल्ली की यह सर्वश्रेष्ठ आर्ट गैलरी होगी, किसी भी मूल्य पर।

व्यक्ति का भाग्य कब पलट जाए, कहा नहीं जा सकता। वह जो एक असफल कलाकार था, शीघ्र ही एक बेहद सफल गैलरी का मालिक हो गया। उभरते कलाकार मेरे आसपास मंडराने लगे। उन्हें किसी विधाता से कम नहीं लगता था मैं। माह के अंतिम शनिवार मेरी गैलरी में एक चाय पार्टी होती, जिसमें कलाकारों के साथ आलोचकों और पत्र-पत्रिकाओं के संपादकों को भी आमंत्रित किया जाता। दो-तीन आलोचकों को अपने जाल में कुछ इस प्रकार उलझा लिया कि जैसी चाहता, समीक्षाएं लिखवा लेता। प्रायः मेरा सुझाव भर दे देना पर्याप्त

होता, "अग्निहोत्री के चित्रों में काफी जान है, लेकिन अभी नया है। अधिक प्रशंसा न करना। पहले परख लें उसे।"

यही नहीं चित्रों की कीमतें तय करते समय भी मैं चित्रकार के व्यक्तित्व और अपने साथ उसके संबंधों को नहीं भूलता। जिस नए कलाकार में सामान्य से अधिक प्रतिभा नजर आती, उसके चित्रों को स्वयं अपने लिए सस्ते दामों पर खरीद लेता ताकि दो-चार वर्षों में जब वह ख्याति पा ले तो उनको चार गुना दामों पर बेच सकूं। किसी कलाकार से अप्रसन्न होता तो कीमतों को मनमाने ढंग से गिरा भी देता। कुलकर्णी के साथ ऐसा किया तो सलिल बोल उठा, "उसके साथ तुमने ठीक नहीं किया, वीरेन। उसकी तो मार्किट ही समाप्त हो जाएगी ऐसे।"

"वह मेरे विषय में अनाप-शनाप बोलता रहता है। वैसे यह तुम्हारा मामला नहीं।"

"तुम भूलते हो। चित्रकला का हर मसला मेरा मामला है।"

सलिल की ऐसी बातों से मेरे दिल में गांठ पड़ जाती, विशेषकर जब यह बातें प्रिया की उपस्थिति में होतीं। कई बातें थीं जो मैं प्रिया के सामने नहीं करना चाहता था। प्रिया का उसके साथ सहमत होना मुझे और भी खटक जाता। यूं मेरे अपने दिल का ही एक कोना गद्दार था, जो सदा सलिल का साथ देता—सूर्य की पहली किरणों के उजालों में, लेकिन मेरा दिन का कामकाजी व्यक्तित्व उसकी इन बातों को सह नहीं पाता। जाने क्यों उसका व्यक्तित्व एक ऐसा दर्पण प्रतीत होता, जिसमें मेरी छवि मैली होकर दिखने लगती।

सब कुछ बहुत उलझा हुआ है। प्रिया और सलिल, दोनों ही मुझे चुंबक की तरह खींचते रहे हैं। सलिल एक खुले व्यक्तित्व का स्वामी है। चौड़ा माथा और किसी भीतरी आलोक से चमकती आंखें। ईमानदारी, संवेदनशीलता और बुद्धि का सुंदर संतुलन। आयन रेण्ड के किसी उपन्यास का नायक वास्तविक संसार में चला आया हो जैसे। एक ऐसा आलोचक, जिसका नाम कला-जगत में सम्मान के साथ लिया जाता था, और अंग्रेजी कविता के क्षेत्र में भी। बड़े यत्न से मित्रता स्थापित की थी मैंने।

और प्रिया! देखने में अत्यंत आकर्षक। नाजुक एहसासोंवाली। अपनी कला को समर्पित। इस विश्वास में जीनेवाली कि प्रतिभा स्वयं सबका ध्यान खींचती है। कई बार जी चाहता, उसे समझा दूं कि हां, प्रतिभा अपनेआप ध्यान खींचती

अवश्य है, परंतु उसे स्वीकारने की ईमानदारी अब लोगों में नहीं रही। कभी-कभी विश्वास नहीं होता कि दोनों इसी संसार के वासी हैं। जिस दिन दोनों पहली बार एक-दूसरे से मिले थे, प्रिया सलिल को देखती रह गई थी, और मैं कटकर रह गया था। सलिल के मिलने से एक वर्ष पहले से जानता था मैं प्रिया को। मैं उसे अपने लिए पाना चाहता था, सदेह। कई बार उसे शाम को अपने साथ बाहर ले गया। कभी-कभी प्रदर्शनी में, कभी किसी संगोष्ठी में, कभी यूं ही कॉफी के लिए, लेकिन उसे शायद मालूम ही नहीं था कि शाम को स्त्री-पुरुष मिलते हैं तो उनकी एक-दूसरे से क्या अपेक्षाएं होती हैं। एक बार गाड़ी में उसकी कमर को बांह से घेर लिया था तो वह अचकचा-सी गई, "हम अच्छे दोस्त हैं, वैसे ही रहने दीजिए।"

दोस्त! मैं इतना बढ़ावा दे रहा था उसे। कितना भी अच्छा कलाकार हो अगर कोई गैलरी उसके चित्रों को उठाए ही नहीं तो वह लोगों के सामने आएगा कैसे? और यह तो अभी बिल्कुल नई थी। चाहकर भी उसके और अपने बीच की दीवार तोड़ नहीं पाया, लेकिन उसे पूरी तरह खोना भी नहीं चाहता था। लोगों की नजर में उसका मेरे गुट में होना महत्त्वपूर्ण था।

इसी बीच सलिल आ गया जीवन में। कला के प्रति सलिल का दृष्टिकोण बहुत परिपक्व था। कला क्षेत्र में जिस सम्मान के साथ उसका नाम लिया जाता था, उसे देखकर कभी-कभी ईर्ष्या होने लगती थी। मेरा आदर किया जाता था, मेरे साधनों के कारण। सलिल की बात दूसरी थी। मैं सलिल के विचारों को जानने के लिए सदा उत्सुक रहता। उसकी सलाह बहुत काम आती थी। बड़े यत्न से उसके साथ घनिष्ठता बढ़ाई। हम तीनों—प्रिया, सलिल और मैं, अच्छे मित्र थे। मेरे मन में चाहे कभी कितनी भी कड़वाहट भर जाती हो, पार्टियों इत्यादि में हमारे साथ होने का अच्छा प्रभाव पड़ता था और इस स्थिति को मैं बदलना नहीं चाहता था।

परंतु जीवन कब ठहरा है एक ही बिंदु पर देर तक। मालिनी का आना था कि सब कुछ बहुत तेजी से बदल गया। मालिनी भी एक उभरती हुई कलाकार थी। बेहद महत्त्वाकांक्षी। उन लोगों में से जो सफलता की सीढ़ियां चढ़ने के लिए काम से अधिक सामाजिक संबंधों में विश्वास रखते हैं, जिनके लिए सही समय पर सही स्थान पर दिखाई देना अधिक महत्त्वपूर्ण होता है। प्रभावशाली व्यक्तियों के साथ संबंध बढ़ाने में वह कभी पीछे नहीं छूटती थी।

उसकी उपस्थिति में मांसलता का एहसास बना रहता था सदा। कंधों तक झूलते उसके बालों की एक लट गाहे-बगाहे उसके माथे पर आ गिरती थी। उसकी यही लट भा गई मुझे। एक शाम हम दोनों किसी आयोजन से वापस आ रहे थे कि गाड़ी में मेरी बगल में बैठी मालिनी ने बात करते-करते बड़ी सहजता से मेरे कंधे पर सिर रख दिया और एक हाथ मेरी जांघ पर। सहसा शाम रंगीन हो उठी। पहली बार लगा प्रिया में ऐसा क्या विशेष है। उसके बाद सप्ताह में लगभग दो-तीन शामें यूं ही मालिनी के साथ बीततीं। उसके फ्लैट पर बिताए कुछ घंटे किसी तेज शराब से कम नहीं थे। मालिनी की यही बात पसंद थी मुझे। वह अपने आपको खुलकर देती थी। उसका कोई भी हिस्सा शायद उन क्षणों से दूर नहीं रहता था। ऐसे क्षणों में प्रिया की चाहत किन्हीं अंधेरे कोनों में गुम हो जाती जाकर, लेकिन दिन के उजाले में वह वापस अपनी जगह पर आ जाती। मालिनी को प्रिया पहले दिन से ही नहीं भाई थी। उसे देखते ही कभी एक ज्वाला-सी कौंध जाती थी मालिनी की आंखों में और कभी धुआं उठने लगता था। पता नहीं कब मैं उसकी कई गलत बातों से सहमत होने लगा।

"दिस प्रिया इज वेरी वेन। तुमने कितना उत्साह बढ़ाया है उसका, लेकिन उसने क्या दिया है तुम्हें? शी इज ओनली यूजिंग यू।"

लगा ठीक ही तो कह रही है।

इसके शीघ्र पश्चात ही होनेवाली प्रदर्शनी के लिए प्रिया ने आठ चित्र दिए, जिनमें से मैंने केवल दो ही रखे। कई दिन तक प्रिया की आंखों में एक अविश्वास भरा रहा और मैं उसकी ओर सीधा नहीं देख पाया। सलिल ने अवश्य एक दिन पूछा था, "इस बार प्रिया के केवल दो ही चित्र क्यों हैं?"

"स्पेस की कमी, स्थानाभाव।"

सलिल ने केवल एक बार नजर भरकर मुझे देखा और मुस्कराकर बोला, "यह स्पेस की कमी भी बड़ी अजीब चीज है। जानते हो पत्रिका का संपादक किन्हीं दूसरे कारणों से किसी अच्छे रचनाकार को स्थान न देना चाहे तो उसे स्पेस की कमी कहकर टाल देता है।" और वह हँस पड़ा था। फिर सहसा गंभीर होकर बोला, "मैं समझता हूं हमें अपने व्यक्तिगत जीवन को व्यावसायिक फैसलों पर हावी नहीं होने देना चाहिए।"

"मुझे क्यों कह रहे हो यह सब?"

"यूं ही! मन में एक बात आई तुमसे बांट ली। वैसे मालिनी के छह चित्र और प्रिया के केवल दो। बात समझ में नहीं आ रही। दोनों के अंतर को तुम मुझसे बेहतर समझते हो।"

मालिनी ने विश्वास दिला दिया कि शीघ्र ही प्रिया स्वयं इस विषय में बात करेगी मुझसे, "यूं नो, तुमने उस कभी मौका ही नहीं दिया कि वह तुम्हारी कीमत समझे। औरों की तरह उसे कभी तुम्हारे गुट में शामिल होने, तुम्हारी पार्टियों में बुलाए जाने के लिए प्रयास नहीं करना पड़ा। एक-दो महीने नहीं बुलाओगे तो अपनेआप ठीक हो जाएगी। क्या समझकर आ जाती है वह हर महीने पार्टी में! बहुत महान है वह!"

मैं अपने फैसले को लेकर आश्वस्त हो गया। अब सोचता हूं क्या मैं प्रिया को जानता नहीं था। मालिनी की बात कैसे मान ली मैंने। यह उस शाम की रंगीन मांसलता का ही प्रभाव रहा होगा कि मैंने प्रिया को पार्टियों से काटना आरंभ कर दिया, मगर उसने कभी पलटकर कोई प्रश्न नहीं पूछा। संपर्क ही टूटने लगा तो मैंने एक दिन अपना अहम ताक पर रखकर फोन कर दिया, "कैसी हो प्रिया, आजकल आ क्यों नहीं रही।"

"जी वैसे ही। समय नहीं निकाल पाई।" उसकी आवाज तटस्थ थी।

मैं समझ नहीं पा रहा था इससे आगे क्या कहूं। प्रिया भी कोई मदद नहीं कर रही थी। अगली पार्टी में आने को कह मैंने बोझिल मन से फोन बंद कर दिया, लेकिन प्रिया उसके बाद भी नहीं आई। आश्चर्य तो यह था कि सलिल ने भी कभी इस विषय में कुछ नहीं पूछा। जीवन की एक कड़ी हाथ से छूट रही थी, एक अध्याय बंद होने को था और मैं उसे बचाने के लिए कुछ नहीं कर पा रहा था। औरों को जाल में उलझानेवाला स्वयं उलझकर रह गया था। निश्चय किया कि आनेवाले मौसम में प्रिया को फिर से वही स्थान दूंगा, जो गत वर्षों में देता रहा था। जी हां, दिल्ली का कला परिदृश्य मौसम से ही निर्धारित होता है। सर्वाधिक कला-गतिविधियां अक्तूबर से मार्च तक ही होती हैं चाहे रंगमंच हो, कवि गोष्ठियां हों या चित्र प्रदर्शनियां।

जिन कलाकारों को आमंत्रित करना था, उन्हें दो महीने पहले पत्र भेज दिए गए। प्रिया को भी। प्रिया ने खेद प्रकट करते हुए कोई भी चित्र भेजने में अपनी असमर्थता जता दी। मेरा माथा ठनका। बिना समय नष्ट किए फोन पर पूछा तो उसने कह दिया—मेरी गैलरी में रखने योग्य कोई भी चित्र वह नहीं बना पाई थी।

प्रदर्शनी के उद्घाटन पर आने का आग्रह किया तो वह केवल 'जी' कहकर हँस दी। आई नहीं। इतना भव्य समारोह मेरे लिए फीका हो गया। वह दिन मालिनी का दिन होकर रह गया। एक तितली अपने पंख फड़फड़ाती हुई नाचती रही।

'दैनिक हलचल' का संवाददाता भास्कर आते ही पूछने लगा, "इस बार प्रियाजी ने अपनी गैलरी क्यों बदल ली? सुना है उन्होंने सात चित्र अगले सप्ताह आरंभ होनेवाली कलासंगम की प्रदर्शनी के लिए दिए हैं।"

विष का भरा हुआ प्याला गले में उंड़ेल दिया जैसे किसी ने। सुनते ही मैं क्रोध से पागल होने लगा। इतना बड़ा विश्वासघात! मन हुआ सारे चित्र फाड़कर फेंक दूं और गैलरी के दरवाजे सदा के लए बंद कर दूं। अब प्रिया को परिणाम के लिए तैयार होना होगा। युद्ध की घोषणा उसने स्वयं की थी।

दो-चार मित्र आलोचकों को फोन किया ताकि प्रिया को उसके स्थान पर रखा जा सके। उत्तर में सभी ने कहा—यह चित्र प्रिया के अब तक के चित्रों में सर्वाधिक कलात्मक थे। उनकी तो प्रशंसा करनी ही पड़ेगी। कला जगत में अपनी विश्वसनीयता बनाए रखने के लिए। "सॉरी सर!"

मैं बिफर उठा। यह नहीं होने दूंगा मैं। प्रिया को अब सफलता की सीढ़ियां नहीं चढ़ने दूंगा। मैंने स्वयं उसकी आलोचना करते हुए कला विशेषज्ञ की हैसियत से प्रेस में तीखे वक्तव्य दे दिए। फिर तो एक बवंडर में घिर गया मैं। सलिल ने एक लंबे लेख में प्रिया का बचाव करते हुए मुझ पर वार किया, "एक असफल कलाकार के लिए किसी अन्य कलाकार की महानता को स्वीकारना अत्यंत कठिन है। वह भी उस व्यक्ति के लिए जो कला-क्षेत्र में हर प्रकार की राजनीति को घसीट लाए। इस प्रकार के व्यक्तित्व दोयम दर्जे की कला को अग्रिम स्थान देते हैं और वास्तविक प्रतिभा के आगे आने में बाधाएं खड़ी करते हैं।"

मेरे प्रतिद्वंद्वियों को खुलकर मेरे विरुद्ध बोलने का अवसर मिल गया। मेरे विषय में जो बातें दबी आवाज में कही जाती थीं, अब बिना झिझक कही जाने लगीं। यहीं नहीं सलिल ने एक समाचारपत्र में कला क्षेत्र में होनेवाली अवांछित बातों के विषय में छप रही लेखमाला के लिए एक लेख भी लिख डाला। "आजकल राजधानी की एक प्रसिद्ध आर्ट-गैलरी लंदन स्थित एक अंतरराष्ट्रीय कला संस्थान से हजारों पाउंड अनुदान पाने की जी-जान से कोशिश कर रही है, दक्षिण-एशियाई चित्रकारों पर एक ग्रंथ निकालने के लिए। एक हजार तो पुस्तक के संपादक के नाम पर ही मांगा जा रहा है, पता नहीं बेचारे को वास्तव में मिलेगा

क्या। यही नहीं कलाकारों और कवियों को भी इसमें स्थान देने का प्रलोभन देकर इस गुट में फंसाया जा रहा है ताकि वे इस गैलरी के मालिक के आधिपत्य को स्वीकारें। कला के नाम पर एक प्रकार की होड़ और प्रतिस्पर्धा का वातावरण तैयार हो रहा है। सब लोग जानते हैं कि इस गैलरी ने प्रायः चित्रों की कीमतें तय करते समय काफी मनमानी की है, कलाकारों को बनाने, मिटाने में भी।'' नाम नहीं लिया गया था, परंतु किसी को संदेह नहीं था कि लेख मेरी गैलरी के विषय में ही था।

इस विवाद के खड़े होते ही मेरी राजनीति का शिकार प्रत्येक छोटा-बड़ा कलाकार वीरेन के साथ हो गया। मेरे गुट में शामिल होना शर्मनाक समझा जाने लगा। सबसे पहले तो मालिनी ने ही मुझे छोड़ दिया। बतानेवालों ने बताया कि जहां आवश्यक होता, वह बिना एक क्षण भी गंवाए कह देती कि उसकी मेरे साथ कोई विशेष मित्रता नहीं, केवल थोड़ी-बहुत जान-पहचान है। दोनों जहान मेरे हाथ से निकल गए थे। मुझे विधाता माननेवाले मेरी गैलरी में आने से कतराने लगे। मुझे भयानक सिरदर्द रहने लगा। 'डिप्रेशन' ने घेर लिया। इसी मनःस्थिति में मैं एक दिन दोपहर को अपने 'स्टूडियो' में कउच पर अंधलेटा-सा था कि अचानक कान में एक भूली-बिसरी आवाज सुनाई दी 'अपने को फिर से पाना चाहते हो तो क्यों नहीं अपनी प्रिया का ही पोर्ट्रेट बनाते, दोस्त।' वासु जैसे मेरे बगल में ही खड़ा बोल रहा था।

मैं चौंककर उठ बैठा। अपने आसपास देखा। कनपटी की नस टीस रही थी। सिगरेट सुलगाई और मेज की दराज से गैलरी की फोटो एलबम निकाली। प्रिया का एक बहुत सुंदर क्लोजअप हाथ आ गया। मैं उसी क्षण कैनवस पर रेखाएं खींचने लगा। दो घंटे मेरे हाथ रुके नहीं। जब थमे तो कैनवस पर हल्की रेखाओं में प्रिया का चेहरा उभर चुका था। कनपटी की नस शांत हो चुकी थी। उस रात देर तक संगीत सुनता रहा। अगली सुबह उठा तो फिर सिर में दर्द था। जैसे-जैसे दिन बढ़ता गया, मेरा सिरदर्द भी। दोपहर के समय मैं फिर प्रिया के चित्र में उलझ गया और सिरदर्द गायब हो गया। अगले दो सप्ताह यूं ही बीते। यह चित्र बनाना जैसे एक प्रकार का इलाज था, मेरे थके दिलो-दिमाग का। 'डिप्रेशन' दूर होने लगा और उसकी जगह एक खामोश उदासी छाने लगी। मेरे भीतर कुछ बदल रहा था, लेकिन जैसे-जैसे चित्र पूरा होने में आया, एक डर उसका स्थान लेने लगा। चित्र बेहद सुंदर बन रहा था। कहीं ऐसा न हो अंतिम

शेडिंग देते समय कोई ऐसी रेखा खिंच जाए, जो उसे विकृत कर दे। प्रिया की आंखों या होंठों की कोरों से कोई शैतान झांकने लगा। सोचते ही मैं सिहर जाता, परंतु ऐसा कुछ नहीं हुआ। चित्र नहीं, प्रिया ही सामने खड़ी थी जैसे। पता नहीं था, मैं इतनी कोमल रेखाएं भी खींच सकता हूं। कौन था यह मेरे भीतर जिसने इतना सुंदर चित्र बनाया था। एक बार तो मन चाहा फोन करके वीरेन को बुला लूं, लेकिन हाथ नहीं उठे।

सिरदर्द फिर लौटने लगा तो मैंने प्रिया के कुछ और चित्र ढूंढ़ निकाले। एक-एक करके, मैं उन्हें कैनवस पर उतारने लगा। एक जुनून सवार हो गया जैसे मुझ पर। कैसा जुनून था, यह तो मेरे भीतर एक ठहराव भर रहा था। मुझे मेरे ही करीब ला रहा था। मैं अपनी कुंठाओं और निराशाओं को सहज भाव से लेने लगा। अपनी सीमाओं को समझने लगा। एक नया वीरेन उभर रहा था मेरे भीतर से। एक वर्ष बीतते-बीतते, प्रिया के पंद्रह चित्रों ने मेरा स्टूडियो भर दिया। मेरा खाली समय अधिकतर इन्हीं चित्रों के साथ व्यतीत होने लगा। इसी बीच यह भी सुनने में आया कि प्रिया और सलिल अब एक साथ ही रह रहे थे। फिर भी कोई कड़वाहट नहीं उठी मन में। एक दिन साहस करके सलिल को फोन कर ही दिया। वह तत्काल चला आया। स्टूडियो में पांव रखते ही वह सम्मोहित-सा देखता रह गया। फिर मेरा हाथ पकड़कर सहज आत्मीयता से खोला, "आज तुम्हारी तलाश पूरी हुई है वीरेन। अपने भीतर के कलाकार को पा लिया है तुमने। जीवन की आग में तपकर ही तो कलाकार सही अर्थों में कलाकार बन पाता है।" कुछ रुककर उसने पुनः कहा, "वीरेन, जीवन में बहुत कुछ हमारे हाथ में नहीं होता, लेकिन जितना है, उसे ईमानदारी से जीना ही हमारे मनुष्य होने की पहचान है।"

"आई अंडरस्टैंड, सलिल।"

"जाने से पहले एक आग्रह करना चाहता हूं। इन चित्रों की प्रदर्शनी के साथ अपनी गैलरी एक बार फिर खोल दो। यह अंधेरे की नहीं, उजाले की संपत्ति हैं।"

"मुझे मंजूर है दोस्त, एक शर्त के साथ। तुम उसका उद्घाटन करोगे।"

"वादा रहा।"

कल उद्घाटन पर कुछ पुराने मित्र आए और मुक्त स्वर में चित्रों की प्रशंसा करने लगे। सबके चले जाने के बाद सलिल ने बताया कि सुबह वह और प्रिया कोर्ट मैरिज कर रहे हैं और रात की फ्लाइट से ही लंदन जा रहे हैं, एक

अंतरराष्ट्रीय प्रदर्शनी के सिलसिले में। प्रिया का जो पहला चित्र बनाया था, वही उठाकर मैंने दोनों को दे दिया विवाह का उपहार। सलिल ने कहा, "यह चित्र मैं प्रदर्शनी के लिए ले जाऊंगा, तुम्हारी प्रविष्टि।"

जाने से पहले वह झिझकते हुए बोला, "तुम्हें वह कथा-लेखिका सुगंधि याद है, जो एक बार उस संपादक अमिताभ के साथ मिली थी एक कवि गोष्ठी में।"

"हां-हां याद है, क्यों।"

"सुना है आज दोपहर उसने नींद की चालीस-पचास गोलियां खाकर अपने जीवन का अंत कर दिया।"

"क्यों?"

"तुम्हें शायद पता नहीं। कुछ समय पूर्व अमिताभ के जीवन में एक छोटी-मोटी टीवी अभिनेत्री आ गई थी, जिसके कारण अमिताभ और सुगंधि में काफी झगड़ा हुआ और अमिताभ ने अपने दबदबे के कारण उसका कैरियर बिगाड़ दिया, बिल्कुल वही किस्सा हुआ जो कुछ वर्ष पहले संगीत की दुनिया में हुआ था गीतांजलि को लेकर।

मैं भीतर तक कांप गया। कांपते स्वर में कहा, "दुःख हुआ यह जानकर, लेकिन हैरानी नहीं। कला के हर क्षेत्र में वीरेन बैठे हैं आखिर, जो ईश्वर की इस देन में भी घटिया राजनीति का जहर भर देते है। ऐसे लोगों को क्षमा नहीं किया जाना चाहिए सलिल।" सलिल ने मेरा हाथ थाम लिया।

आज प्रिया और सलिल एक सूत्र में बंध गए होंगे। रात को किसी समय वे विदेश चले जाएंगे। मैं यहां बैठा स्वयं से जूझ रहा हूं। सिर दर्द से फटा जा रहा है। क्या होता यदि प्रिया भी वही करती जो सुगंधि और गीतांजलि ने किया? सोचता हूं कल ही शिमला निकल जाऊं या किसी और पहाड़ी स्थल पर, उस समय जब प्रिया का जहाज उड़ान भर रहा हो। हो सकता है पहाड़ों और पेड़ों का सौंदर्य ही इस विषाद से उबारकर मेरे कलाकार को एक नए पागलपन से भर दे। अब इस पागलपन में ही मुक्ति है शायद।

अपना-अपना सलीब

मीनाक्षी कॉलेज से लौटी तो बहुत थकी हुई थी। ऐसा अनुभव हो रहा था जैसे ब्लड-प्रेशर बहुत बढ़ गया हो। घर में प्रवेश करते ही एक गिलास पानी पिया, ब्लड-प्रेशर की दवा खाई और सीधी टेलीफोन की मेज तक चली गई। दिनभर कॉलेज में बिताने के बाद भी उसकी घबराहट कम नहीं हुई थी, बल्कि कुछ बढ़ ही गई थी। पढ़ाते समय भी वह सदा की भांति डूब नहीं पाई थी अपने विषय में। मन का एक कोना कहीं कांपता रहा था, कांपता रहा था। पिछले चार दिन से वह इसी कंपन के साथ जी रही थी, जाग रही थी, पढ़ रही थी और पढ़ा भी रही थी। चार दिन हो गए थे भाई को दिल्ली आए, परंतु वह मिल नहीं पाई थी। भाई दिल्ली आ रहे हैं, यह समाचार भी एक परिचित ने दिया था। भाई ने स्वयं कोई सूचना नहीं दी थी उसे। उसने उसी समय लखनऊ फोन करके पूछा तो भाई ने बताया कि उसकी तबीयत कुछ महीनों से ठीक नहीं।

दिल्ली में एक डॉक्टर मित्र हैं, उसी के पास आ रहे हैं, लेकिन चिंता की कोई बात नहीं।

मीनाक्षी को बात इतनी सरल नहीं लगी थी। यूं ही कोई नहीं आ जाता दिल्ली किसी डॉक्टर के पास। अवश्य कोई विशेष कारण होगा। दिल्ली आकर भी भाई उसके पास नहीं ठहरे। उसके घर से लगभग चालीस किलोमीटर दूर भाभी के किसी चचेरे भाई के घर रुक गए। मीनाक्षी को आघात तो लगा, किंतु यह सोचकर चुपचाप सहन कर गई कि स्थिति सामान्य नहीं थी, इसलिए यह सब हो रहा था। भाई दिल्ली पहुंचे तो मीनाक्षी ने फोन करके पूछा, ''डॉक्टर ने क्या कहा भाई?''

उत्तर था, ''अभी कुछ नहीं कहा डॉक्टर ने। ब्लड टेस्ट हुआ है आज।''

''रिपोर्ट कब आएगी।''

''कल सुबह! लेकिन अभी कुछ और टेस्ट होंगे।''

''और कौन-से?''

''कह नहीं सकता। डॉक्टर ने बताया नहीं अभी।''

मीनाक्षी के दिल में कई प्रकार के संशय उत्पन्न होने लगे। ऐसा क्या कष्ट है भाई को, जिसके लिए तरह-तरह के टेस्ट होंगे। जाने क्यों भाई अपने स्वाभाविक स्नेह से बात नहीं कर रहे थे।

उसके बाद से मीनाक्षी ने लक्ष्य किया कि वह जब-जब फोन करती, भाई खीझ जाते, जैसे वे नहीं चाहते हों कि मिनी उन्हें फोन करे। जैसे उसके फोन करने मात्र से उन्हें कोई भारी परेशानी होती हो।

''आप यहां कब आएंगे, मेरे घर?''

''कैसे आ सकता हूं? बीमार आदमी हूं। तुम्हारा घर यहां से कम से कम चालीस किलोमीटर दूर है और मेरा डॉक्टर शहर के इसी हिस्से में हैं, जिसके पास मुझे रोज जाना होता है।''

''ठीक है भाई, मैं आकर मिल जाऊंगी।''

''तुम पागल हो गई हो? क्या करने आओगी इतनी दूर अकेली?''

''भाई आप दिल्ली आकर लौट जाएं और मैं मिलूं भी न आपसे। यह नहीं हो सकता। जहां ठहरे हैं, वहां का पता बताइए मुझे।''

''ठीक है, ठीक है! दो-एक दिन में मेरे टेस्ट पूरे हो जाएंगे। फिर मैं ही मिलने आ जाऊंगा तुझसे।''

सुनकर मीनाक्षी को कुछ ढाढ़स-सा हो गया। अगले दो दिन इस आशा और प्रतीक्षा में कट गए कि भाई फोन करके बताएंगे, वे कब आ रहे हैं। दूसरे दिन शाम तक भी फोन नहीं आया तो उसने स्वयं उनका नंबर मिलाया।

"भाई आपके टेस्ट पूरे हो गए क्या?"

"नहीं।" भाई का स्वर थका हुआ था।

"आज कौन-सा टेस्ट हुआ?"

"अल्ट्रा साउंड।"

सुनते ही मीनाक्षी का दिल बैठ गया। जाने क्या रोग था भाई को। फिर भी स्वयं को संभालकर उसने पूछा, "अभी और भी कोई टेस्ट होंगे क्या?"

"हां! कल फिर एक बड़ा टेस्ट है।"

"कौन-सा?"

"ब्रांकोस्कोपी।"

सुनते ही मीनाक्षी रोने-रोने को हो आई। "अच्छा भाई मैं कल फिर फोन करूंगी।" उसने बुझे हुए स्वर में कहा।

"ठीक है।" कहते ही भाई को खांसी आ गई और उन्होंने बिना आगे बात किए फोन काट दिया।

उस रात से मीनाक्षी के भीतर कहीं गहरे में एक कंपन उठने लगा। सोते-जागते, चलते-फिरते, वह जैसे कहीं गहरे में कांपती रहती, कांपती रहती। सामान्यतः शांत स्वभाव की मीनाक्षी इतनी उद्वेलित हो उठी कि देखनेवाले उसे इतनी उखड़ी-उखड़ी पाकर शिकायत करने लगे।

भीतर से कांपते-कांपते ही मीनाक्षी ने अगली शाम फिर भाई को फोन किया। चार दिन में पहली बार फोन पर भाभी आई। उसकी आवाज सुनते ही भाभी तल्खी से बोली, "मिनी तुम इस तरह बार-बार फोन करना बंद कर दो।"

मीनाक्षी हतप्रभ रह गई।

"क्या कह रही हो भाभी! मुझे चिंता है भाई की। कैसे न करूं फोन।"

"सुनो तुम फोन करती हो तो यहां बहुत परेशानी हो जाती है।"

"जब आप लोग स्वयं मुझे कुछ नहीं बताते तो मुझे ही फोन करना पड़ेगा न। और आपको कोई अधिकार नहीं मुझे मेरे बीमार भाई से फोन पर भी बात करने से रोकने का।"

दूसरे छोर पर शायद उसका उत्तर सुनकर भाभी हड़बड़ा उठी। उसकी आवाज में घबराहट उतर आई, "मुझे कुछ नहीं पता मिनी। तुम्हारा फोन आते ही तुम्हारे भाई बहुत उत्तेजित हो उठते हैं और उन्हें बेहद खांसी आने लगती है। उनकी तबीयत इतनी खराब हो जाती है कि थककर बिस्तर पर गिर जाते हैं। वे बहुत 'अपसेट' हो जाते हैं।"

"भाभी, वे मेरे भाई हैं। मैं चिंतित हूं उनके लिए। इसीलिए बार-बार फोन करती हूं।"

"मैं भी क्या करूं मिनी। उन्होंने ही मुझे कहा है कि तुम्हें बार-बार फोन करने से मना कर दूं।"

"तो ठीक है। आप लोग यहां आ जाइए मेरे पास। डॉक्टर कितनी भी दूर हो, उसके पास रोज पहुंचाना मेरा काम है। आप लोग जानते हैं मेरे पास गाड़ी है। खुद ड्राइव करती हूं। कॉलेज से कुछ दिन छुट्टी ले लूंगी।"

"वे नहीं मानेंगे।"

"आप फोन भाई को दीजिए। मैं बात करती हूं।"

"वे लेटे हुए हैं इस समय। बेहद थके हुए हैं। बैठ नहीं पा रहे हैं। बहुत सख्त टेस्ट था। अभी तक मुंह से खून आ रहा है।"

"ठीक है, मैं बाद में फोन करूंगी।"

फोन बंद करके मिनी देर तक बैठी रोती रही। सिवा भाई के चेहरे के उसे और कुछ भी नहीं दिखाई दे रहा था। एक स्वस्थ, हँसता-खिलखिलाता चेहरा। एक ऐसा व्यक्तित्व जो जंगल में भी हो तो एक मेला लगा ले अपने आसपास। अजनबी भी उसके पास बैठे हों तो उसकी बातों पर मुस्कराए बिना नहीं रह सकते। राह चलते लोगों को भी अपनी बातों में उलझा लेने की कला जो जानता था, वही व्यक्तित्व आज अपनी छोटी बहन से भी बात करना नहीं चाहता था, उससे मिलना नहीं चाहता था। जाने ऐसा क्या संकट गुजर रहा था उस पर।

फोन की कर्कश आवाज ने चौंका दिया मीनाक्षी को। सुनने के लिए उठकर भागी तो उसका पैर मुड़ गया। फोन उठाते ही दूसरी ओर से भाई की आवाज आई, "मिनी तुमने फिर फोन किया था। क्यों बार-बार परेशान कर रही हो?"

"मैं आपको परेशान नहीं कर रही हूं भाई।"

"तो फिर किसलिए फोन करती हो बार-बार। यह तो बीमार आदमी को तंग करनेवाली ही बात है।"

"मैं केवल आपका हाल जानने के लिए फोन करती हूं।"

"बता तो दिया मैं बीमार हूं। शायद काफी बीमार। टेस्ट हो रहे हैं। एकाध दिन में इलाज भी शुरू हो जाएगा। तुम चिंता मत करो।"

"कैसे न करूं चिंता। इतने सारे टेस्ट। वह भी इतने बड़े-बड़े। मुझे बताते क्यों नहीं तुम्हें क्या बीमारी है।"

"कुछ खास नहीं। केवल खांसी नहीं ठीक हो रही।"

"मुझे कब मिलोगे।"

"शायद न मिल पाऊं। टेस्ट पूरे होते ही वापस चला जाऊंगा।"

"तो ठीक है, मुझे पता बताओ। मैं आती हूं तुमसे मिलने।"

भाई एकदम हत्थे से उखड़ गया, "तुम्हारा दिमाग खराब हो गया है क्या? क्या देखने आना चाहती हो? मेरी हालत। क्यों देखना चाहती हो? बोलो। क्या करोगी देखकर। क्या कर सकती हो तुम।" बोलते-बोलते भाई खांसने लगा।

"मैं तुम्हें एक बार मिलना चाहती हूं भाई। केवल एक बार।"

"कोई जरूरत नहीं।" भाई की खांसी बढ़ गई "दो-चार महीने में ठीक हो जाऊंगा। फिर चली आना लखनऊ।"

"लेकिन भाई..."

"तुम्हें समझ में नहीं आ रही मेरी बात? मैंने कहा न, यहां नहीं आ सकती तुम। कोई इंतजाम नहीं है यहां। परेशान मत करो मुझे। एक तो यह बीमारी और ऊपर से तु..." भाई खांसते-खांसते हांफने लग गया। धीरे-धीरे उसकी आवाज आनी बंद हो गई।

मीनाक्षी कुछ पल फोन हाथ में पकड़े 'हैलो-हैलो, हैलो भाई..." चीखती रही, परंतु दूसरी ओर से केवल खांसी की आवाज आती रही। फोन रखकर वह वहीं फर्श पर अपना पांव पकड़कर बैठ गई, जिसमें शायद मोच आ गई थी। अचानक पांव में दर्द की तेज लहरें उठने लगीं। पांव के या जाने किस अनदेखे-अनजाने दर्द से मीनाक्षी सिसक उठी। अपना यह दुःख भाई को कैसे दिखाए।

दूसरी ओर पाल खांसता रहा, खांसता-खांसता हांफ गया। फोन पकड़े हुए हाथ उसने घुटनों पर रख लिया--अर्धजीवित-सा। उसकी दृष्टि अपने सिकुड़े हुए हाथ पर गई, आकार में पहले से आधा रह गया हाथ। गुलाबी त्वचा काली पड़ चुकी थी और बीमारी के कारण बांह के बाल जंगली घास की तरह लंबे और घने हो गए थे।

"तुम्हें कैसे बताऊं मेरी बहन! कैसे दिखाऊं तुम्हें यह सिकुड़े हुए हाथ यह कलाई। कैसे बताऊं तुम्हें कि मेरे माथे और चेहरे पर गड्ढे पड़ गए हैं। मेरा चेहरा काला हो गया है...एकदम नुकीला-सा, और मेरा वजन, मेरे कभी स्वस्थ शरीर का वजन एकदम कम हो गया है। और तेरा भाई खांसता है तो उसके मुंह से खून आता है। दिन-भर थका निढ़ाल पड़ा रहता है। इसीलिए तुझसे दूर भाग रहा है, क्योंकि वह अपनी छोटी-सी बहन को यह सब नहीं बताना चाहता, यह भी कि डॉक्टर को मेरे दाहिने फेफड़े में कैंसर का शक है, जो शायद सच साबित हो रहा है। मैं तुम्हारी आंखों में आंसू और व्यथा नहीं देख सकता मिन्नो और न ही अपने लिए दया।"

हाथों में फोन पकड़े-पकड़े ही पाल रोने लगा, देर तक रोता रहा और खांसता रहा।

ईश्वरजी

कल शाम उनकी स्मृति में होनेवाली एक सभा में बोलने के लिए बुलाया गया है मुझे। वे एक पत्रकार, संपादक, स्तंभलेखक, इतिहासकार, विचारक और न जाने क्या-क्या थे, जो अपने समय में ही ईश्वर का दर्जा पा चुके थे। नाम भी था ईश्वरचंद्र सचदेव। जिसको जी चाहा, बनाया, जिसको जी चाहा, मिटाया। मैं उनके करीब रहा, बहुत करीब। उस दिन क्लब से लौटकर कहने लगे, 'अपूर्व लगता है अब अधिक समय नहीं है मेरे पास। कई बातें हैं, जो मुझे बेचैन करती हैं। अपनी आत्मकथा भी पूरी नहीं कर पाऊंगा। मेरे बाद कई लोग यह काम पूरा करना चाहेंगे, लेकिन मैं चाहता हूं कि यह काम तुम करो। तुमसे ज्यादा मुझे कोई नहीं जानता, मैं चाहता हूं कि तुम मेरे विषय में सच लिखो, बिना कुछ भी ग्लोरीफाई किए। केवल यही मत लिखना कि मैं सदा व्यवस्था-विरोधी रहा और परिणामस्वरूप संघर्षरत भी।

यह भी लिखना कि कई बार मैं जानबूझकर व्यवस्था-विरोधी बना, क्योंकि इस छवि ने बहुत लोकप्रियता दिलाई मुझे। केवल उन्हीं लेखकों-पत्रकारों के विषय में मत लिखना, जिनको मैंने बढ़ावा दिया, अपने लिए एक गुट तैयार करने के लिए। उनके बारे में भी लिखना, जिन्हें मैंने प्रतिभा रहते हुए भी आगे नहीं बढ़ने दिया। और हां, यह भी कि मैंने हमेशा सही का साथ नहीं दिया। कम से कम सदा सही कारणों से नहीं।' ग्लानि और उदासी की एक मिली-जुली परत छा गई उनके चेहरे पर।

उन्होंने अपनी जीवनी की फाइल मुझे पकड़ा दी। अगले दिन वे नहीं रहे। एक बहुत बड़ी जिम्मेदारी डाल गए हैं वे मेरे कंधों पर। कैसे न्याय कर पाऊंगा इतने महान विषय के साथ। रात के बारह बज रहे हैं। फाइल मेरे सामने रखी है। रात के सन्नाटे में पंखे की हवा में फाइल के फड़फड़ाते पन्ने मेरी यादों पर दस्तक देने लगे हैं आधे-अधूरे दृश्य बनकर...

कॉलेज का सबसे प्रतिभाशाली छात्र मंच से उतर रहा है, हाथों में कई पुरस्कार थामे—अपने विषय में प्रथम स्थान पाने के लिए, वाद-विवाद प्रतियोगिता जीतने के लिए, कॉलेज की पत्रिकाओं में सर्वश्रेष्ठ लेख लिखने के लिए। उसके मित्र पीछे खड़े तालियां बजा रहे हैं। उनमें एक सुंदर, लजीली-सी लड़की भी है—सुधा, जिसके प्रति उस नौजवान को एक गहरा लगाव है। खाली पीरियड में वह प्रायः सुधा के साथ यूनिवर्सिटी के कॉफी हाउस चला जाता है।

एक दिन वह कॉफी हाउस से लौटा, बेहद थका हुआ और खिन्न। मेरे पास आकर स्वयं ही कहता है, "आज सुधा के साथ रिश्ता खत्म हुआ।" पूछने लगी कॉलेज पास करने के बाद क्या इरादा है। मैंने कहा पत्रकारिता, तो कहने लगी कि मुझे आई.ए.एस. की तैयारी करनी चाहिए, जैसे रज़ा कर रहा है। यह भी कि उसके आई.ए.एस. पापा को रजा बहुत पसंद है। इसलिए मुझे भी वैसा ही बनने की कोशिश करनी चाहिए।" कहते-कहते उसका मुंह कसैला हो आया है।

उस दिन के बाद वह कभी सुधा का जिक्र नहीं करता। पीड़ा को खामोशी से पी जाने की अजीब क्षमता है ईश्वरजी में।

ईश्वरजी एक प्रतिष्ठित समाचारपत्र के संपादक हैं। सत्ताधारी पार्टी के विरुद्ध उनके तीखे, आलोचनात्मक लेखों और संपादकीयों से आम लोग बहुत प्रभावित हैं। अखबार की बिक्री के बढ़ते आंकड़े बताते हैं कि ईश्वरजी अपने समय के सर्वाधिक लोकप्रिय और सफल संपादक हैं। दर्जनों उभरते पत्रकार और

लेखक घेरे रहते हैं उन्हें। ईश्वरजी स्वयं से खुश हैं और सेठजी उनसे। आठ-दस दिन बाद अवश्य सेठजी उन्हें घर पर बुलवा लेते हैं किसी भी महत्त्वपूर्ण विषय पर बात करने के लिए। एक शाम सेठजी कहते हैं, "मुझे लगता है अब तुम्हें अपने लेखों का दंश कम कर देना चाहिए, ईश।"

"मैं समझा नहीं।"

"कल मंत्रीजी से भेंट हुई थीं लंच पर। काफी नाराज थे हमारे अखबार को लेकर, बल्कि तुम्हारे लेखों को लेकर। ऐसे में हमारे लिए कई कठिनाइयां खड़ी हो सकती हैं। इसलिए अपने लेखों का रुख बदलो। कलम की धार इतनी तेज न करो कि सत्ताधारी पार्टी से सीधी टकराहट हो जाए।"

"कलम तो चलेगी सेठजी।" ईश्वरजी अपनी बढ़ती लोकप्रियता से उठकर सेठजी की बात समझ नहीं पा रहे।

"व्यक्ति व्यवस्था का हिस्सा बनकर ही बदलाव ला सकता है। व्यवस्था के बाहर रहकर कोई कुछ नहीं कर सकता। हम ईश्वर नहीं हैं।"

ईश्वरजी समझ नहीं पा रहे कल और आज में सेठजी की सोच में इतना अंतर कैसे आ गया। इसी उधेड़बुन में वे यह कहते हैं, "मैं मजबूर हूं सेठजी।"

"तो मैं भी मजबूर हूं। मुझे यह अखबार चलाना है, बंद नहीं करना। अच्छा होगा तुम स्वयं ही त्यागपत्र दे दो।"

ईश्वरजी वहां से सीधे मेरे पास चले आते हैं, "ऐसी क्या व्यावसायिक मजबूरी रही होगी सेठजी की या फिर शायद कोई नया समझौता..."

अगले ही दिन सेठजी के साथ उनके मनमुटाव तथा त्यागपत्र की खबर देश के सारे छोटे-बड़े समाचारपत्रों में छप जाती है। ईश्वरजी हैरान हैं खबर फैली कैसे।

चार-पांच महीने के इस कठिन दौर में ईश्वरजी का सिगरेट और शराब पीना पहले से बढ़ गया है। शाम को क्लब जाना बहुत कम हो गया है। उन्हें लगता है लोग उनसे कटने लगे हैं।

आशा के विपरीत आम-चुनाव घोषित कर दिए गए हैं। विरोधी पार्टियों को जैसे नई ऊर्जा मिल गई है। एक छोटा अखबार अचानक पैदा हो गया है। अंदर की खबर है कि यह अखबार विरोध में शुरू किया गया है, सत्ताधारी पार्टी के विरुद्ध एक मोर्चा खड़ा करने के लिए। ईश्वरजी को इस अखबार का संपादन करने के लिए बुलाया गया है।

“आप जैसे बुद्धिजीवी ही तो जनमत बनाते हैं। आपकी कलम में तो जादू है। पत्रकारिता के संसार में आपकी बहुत आवश्यकता है।” अखबार का मालिक हाथ जोड़ता है।

तत्पश्चात वह छोटा-सा अखबार चल निकलता है। चुनाव में विरोधी पक्ष ईश्वरजी की छवि का भरपूर लाभ उठाता है और सत्ता में आ जाता है।

ईश्वरजी की सेवाओं से प्रसन्न नई सरकार सूचना एवं प्रसारण मंत्रालय में एक विशेष, नया पद-बनाकर उस पर उन्हें नियुक्त कर देती है। देशभर के जाने-माने वरिष्ठ पत्रकारों में इस बात को लेकर गहरा रोष है। जो ईश्वरजी के जीवन का सुनहरा दौर हो सकता था, उस दौर में प्रतिद्वंद्वियों द्वारा उन पर प्रतिदिन नए आरोप लगाए जाते हैं—कभी पार्टियों में अत्यधिक शराब सेवन के, कभी अनेक वास्तविक या काल्पनिक प्रेम संबंधों के और सबसे अधिक पद का दुरुपयोग करके लाखों कमाने के और भ्रष्टाचार फैलाने के। अफवाहों की लपटें नई सरकार को छूने लगती हैं। वे एक बार फिर अपने पद से हटा दिए जाते हैं।

सरकारी पद से हटते ही वे लेखन में जुट जाते हैं। देश के सतरह अखबारों में उनके स्तंभ छपने लगे हैं। यही एक चीज उनसे कोई नहीं छीन पाया—उनकी कलम की ताकत, जिसे उनके शत्रु भी मानते हैं और जिसके कारण कभी खुलकर कोई उनका विरोध नहीं कर पाता। यूं अब लेखकों-पत्रकारों का एक नया वर्ग है, जो उनकी पीठ पीछे कटुशब्दों में उनकी आलोचना करता है कि उन्होंने अपने बाद आनेवाले किसी पत्रकार को उभरने नहीं दिया। क्या कहूं। मैंने स्वयं देखा है किस प्रकार करण को अपना भविष्य नहीं पाने दिया उन्होंने और शालिनी की प्रतिभा को मानते हुए भी उसको आगे नहीं बढ़ने दिया। उनके शत्रुओं का कहना है कि वे इन सब प्रतिभाशाली नौजवानों से डरते हैं, परंतु बात इतनी सरल नहीं। उनके इन निर्णयों के पीछे हाथ है उनके गुट के कुछ लोगों का, जो केवल उन्हीं के सहारे अपनी प्रभुता बनाए हैं और स्वयं किसी भी नई प्रतिभा का सामना नहीं कर सकते—विशेषकर उस एक ‘ग्लैमरस’ छवि का, जो बहुत सामान्य प्रतिभा की होते हुए भी ईश्वरजी के लिए सबसे महत्त्वपूर्ण हो उठी और जिसकी सलाह के बिना वे कोई भी निर्णय नहीं लेते।

मुझे आज भी याद है एक शाम एक अत्यंत मोहक औरत उनके कमरे में प्रवेश करती है। अपने लिखे दो लेख वह ईश्वरजी को देती है और कहती है कि

वह एम.ए. पास है और पत्रकार बनना चाहती है। समझते देर नहीं लगती कि औरत बेहद महत्त्वाकांक्षी है और केवल किसी तीन सितारा होटल में बेनाम असिस्टेंट मैनेजर की बेनाम पत्नी बनकर जीना स्वीकार्य नहीं उसे। ईश्वरजी लेखों पर सरसरी नजर डालकर फीचर संपादक करण को थमा देते हैं। करण अगले ही दिन साफ कह देता है कि वो छपने लायक नहीं, परंतु ईश्वरजी पहले ही ठान चुके हैं कि नई लेखिका को अवसर देना ही है। सो करण को भुनभुनाते देख लेख मुझे सौंप देते हैं, "इन्हें ठीक कर दो।"

यह औरत सप्ताह में दो-तीन बार अवश्य आ धमकती है और मुझे उसके लेख ठीक करने पड़ते हैं। शाम को ईश्वरजी और वह एक साथ ही दफ्तर से बाहर निकलते हैं। वह बहुत अच्छा तो कभी कुछ नहीं लिख पाती, परंतु ईश्वरजी अखबार के फीचर पृष्ठों को लेकर अवश्य उससे सलाह लेने लगे हैं, जो करण को बहुत खल जाता है। वह कई बार अपनी चुभती हुई प्रतिक्रिया भी दिखा देता है उस औरत के सामने ही, जिसे वह 'ग्लैमर क्वीन' कहने लगा है। अंततःकरण और ईश्वरजी में ठन जाती है। करण की वार्षिक रिपोर्ट खराब हो जाती है और वह हाथ में पकड़ा पेपरवेट मेज पर पटकता हुआ कहता है, "अगर यही पत्रकारिता है तो आपको ही मुबारक हो यह संसार। मैं तो इसे एक 'नोबल प्रोफेशन' मानकर यहां आया था। आप मेरे आदर्श थे।" दूसरे ही दिन उसका त्यागपत्र ईश्वरजी की मेज पर है।

अगली आहुति दी जाती है शालिनी की। शालिनी से विशेष डाह है ग्लैमर-क्वीन को। सोचता हूं क्या हो गया है ईश्वरजी को! अच्छे-अच्छे लोगों को सामने नहीं आने दे रहे। क्या यह वही व्यक्ति है जो सदा अन्याय के विरुद्ध आवाज उठाता रहा, चाहे आपातकाल की घोषणा हो या अफसरशाही में पनपता भ्रष्टाचार!

ईश्वर बीमार रहने लगे हैं। डॉक्टर कई टेस्ट करवाने को कहते हैं, जिसके लिए वे तैयार नहीं। दो बड़ी किताबों लिखनी आरंभ कर रखी हैं। एक देश का वृहत्त इतिहास और दूसरी अपनी आत्मकथा। पहली पुस्तक के लिए बहुत शोध की आवश्यकता है, जो वे गिरते स्वास्थ्य के कारण करने की स्थिति में नहीं हैं। एक दिन ग्लैमरक्वीन को फोन करते हैं कि वह इस काम में उनकी सहायता करे और उसी शाम उनसे मिले।

"नहीं आ पाऊंगी। आप नहीं जानते मेरे घर में आजकल क्या चल रहा है। कैसे दिन बिता रही हूं मैं।"

सुनकर ईश्वरजी और भी अनमने से हो उठते हैं। मैं जिद करके उन्हें क्लब ले जाता हूं। वहां भटनागर और देसाई मिल जाते हैं। हम लोग गिलास हाथ में पकड़े अभी एक-दूसरे का हाल पूछ ही रहे हैं कि देसाई कहता है, "जानते हो अंदर की खबर है करण 'कल की आवाज' का संपादक बनकर आ रहा है।"

ईश्वरजी की आवाज कहीं दूर से आती है, "आई एम ग्लैड। उसमें प्रतिभा है।"

तभी भटनागर सामने दरवाजे की ओर देखते हुए कहता है, "अरे ईश्वर यह तो वो हैं तुम्हारे दोस्त फिल्म निर्माता-निर्देशक।"

ईश्वरजी गर्दन घुमाकर देखते हैं। चेहरा राख-सा हो जाता है। निर्माता-निर्देशक के साथ ग्लेमरक्वीन है। एकदम तरोताजा, अभी-अभी गुलाबों के पानी से निकलकर चली आ रही हो जैसे। मुझे याद आया, कुछ महीने पहले यहीं इसी स्थान पर ईश्वरजी ने दोनों को मिलाया था। वो दोनों हमें नहीं देख पाते। दस मिनट बाद ही ईश्वरजी उठ खड़े होते हैं, "तबीयत ठीक नहीं लग रही। घर चलो अपूर्व।"

उसी शाम वे अपनी जीवनी की फाइल मुझे पकड़ा देते हैं।

अगली सुबह पांच बजे एक फोन आता है, "ईश्वरजी नहीं रहे...।"

सोच रहा हूं इन सब बातों को जानते हुए कल क्या बोलूंगा सभा में। सोचकर ही घुटन का एक बगूला-सा उठता है छाती में और एक दबाव डालने लगता है मेरे पूरे वजूद पर।

मैं आवाज दे रहा हूं

रात के केवल आठ ही बजे थे। लगभग एक घंटा हो गया था बारिश होते। कभी जोर से होने लगती, कभी बूंदों में बदल जाती। यह बूंद-बूंद बरसती बारिश उनकी सांसों को और भी बोझिल बना रही थी। घनघोर बादल, बाहर घटाटोप अंधेरा, उनकी घुटती हुई सांसें और सीने में चलती धौंकनी। घबराकर उन्होंने बहादुर को आवाज दी।

"दरवाजे-खिड़कियां ठीक से बंद कर दो बहादुर! बहुत ठंडी हवा चल रही है, और हां एक कप कॉफी बना देना उसके बाद। हड्डियां ठिठुर रही हैं। पूरा शरीर जुड़ा जा रहा है।"

हाथ में कॉफी का प्याला थाम उन्होंने सोफे पर बैठे-बैठे ही टी.वी. चला दिया, इस चिंता में कि रात कटेगी कैसे। देर रात तक नींद नहीं आती थी उन्हें। दशकों बीत गए थे पूरी नींद लिए। रात डेढ़-दो बजे तक साहित्य के पोथे पढ़ते रहते, परंतु अब सेहत जवाब दे रही थी।

आंखों पर लगे चश्मे के शीशे बहुत मोटे हो गए थे। घुटने थे कि खड़े होते ही अपनेआप मुड़ने लगते। सांस कब उखड़ने लगे, कुछ पता नहीं। कुछ महीनों से तो कभी-कभी दाईं कनपटी बुरी तरह टीसने लगतीं। आंखों के आगे इस प्रकार अंधेरा घिरने लगता जैसे बेहोश होकर गिर ही जाएंगे, अगर पास पड़ी किसी चीज को कसकर न थाम लें तो। अस्सी वर्ष पुरानी जर्जर इमारत। जाने कब ढह जाए। इस बहादुर के सिवाय कोई नहीं, जिससे बात कर सकें। अकेला पहाड़-सा जीवन, जो केवल सिर पर तने आसमान से बात कर सकता है, लेकिन वहां भी कौन बैठा है सुननेवाला। आसमानी शक्तियों पर से जाने कब का विश्वास उठ चुका था।

कुछ ही देर में बहादुर कॉफी ले आया। मग उन्हें थमाता हुआ बोला, "बाबूजी काहे नहीं टेस्ट करवाते हो, जो डॉक्टर ने बोला है।"

वे खीझ उठे, "मतलब भी समझते हो टेस्ट करवाने का? डॉक्टर क्या जाने मेरी दिक्कतें। उसने तो बस इतने सारे टेस्ट लिखकर दे दिए। कौन जगह-जगह घूमेगा मेरे साथ, मुझे लिए-लिए?" मन में उठती दूसरी बात वे मन में ही दबा गए। इतने टेस्ट करवाने में जो खर्चा होगा, उसका क्या। प्रॉविडेंट फंड में इज्जत से जिंदगी गुजर जाए तो बस बड़ी नियामत समझेंगे वे।

"जानता हूं, जानता हूं। बिल्कुल भी बेवकूफ मत जानिए मुझे। खर्चा करने से डरते हैं आप। इतना अच्छा तो भतीजा है आपका, जो पारसाल आया था। कह नहीं गया था जब भी जो भी जरूरत हो, उसे लिख दें? काहें नहीं कहते उससे कुछ दिन के लिए आकर टेस्ट करवा दे।"

"तुझे कितनी बार कहा है मुझे हर बात में तेरी नसीहत की जरूरत नहीं। जिस बात की समझ न हो, उसमें गड़बड़ मत किया कर।"

बहादुर फिर भी अपनी आदत से मजबूर बड़बड़ करता हुआ किचन में चला गया और वे अपनी आदत से मजबूर स्वयं से बातें करने लगे, 'चाहता तो न भी रहता अकेला। कोई मजबूरी तो थी नहीं।' वे अपने अकेलेपन का लेखा-जोखा कर ही रहे थे कि सामने टी.वी. के परदे पर एक समाचार कौंधा, 'संजीव कुमार त्यागी को राष्ट्रीय सम्मान'। इसके साथ ही संजीव कुमार त्यागी का मुस्कराता हुआ चेहरा टी.वी. के परदे पर उभर आया। क्लोजअप। देश का प्रसिद्ध लेखक, जिसे पिछले वर्ष ही एक प्रतिष्ठित अंतरराष्ट्रीय पुरस्कार से सम्मानित किया गया था। टी.वी. उद्घोषक संजीव कुमार त्यागी के जीवन का संक्षिप्त परिचय देने लगा।

किसी अदृश्य पंजे ने जैसे जकड़ लिया उनके दिल को। संजीव त्यागी—उनका बेटा, उनके अपने जिगर का टुकड़ा, जिसे वे कभी नहीं देख पाए। कभी किसी पर जाहिर नहीं कर पाए कि वह उनका बेटा है। उस पर भी नहीं। दिल-दिमाग पर यादों के पंजे की पकड़ कसने लगी...पैंतालीस वर्ष पुरानी यादें।

देश के जाने-माने विश्वविद्यालय के अंग्रेजी विभाग में नई-नई नौकरी। कुछ वर्ष तक एक बैंक में काम करने के बाद लगा था कि उस काम से उन्हें संतोष नहीं मिल रहा। विश्वविद्यालय में आकर लगा जैसे अपनी बिरादरी में आ गए हों। जीवन का एक नया दौर, नई राहें, नए संगी-साथी। आधे घंटे के कॉफी ब्रेक में जब स्टॉफ-रूम में सब लोग साथ बैठते तो माहौल अत्यंत जीवंत हो उठता—कहीं हँसी-मजाक, कहीं किस्सागोई और कहीं बहस पर बहस।

उन्हें दर्शनशास्त्र विभाग के डॉ. त्यागी बहुत पसंद थे। सांवले रंग के लंबे-ऊंचे डॉ. त्यागी आकर्षक व्यक्तित्व के स्वामी थे। उनकी ठहरी हुई आवाज में एक जादू था। बहुत बड़े स्कॉलर माने जाते थे अपने विषय में। अन्य विषयों में भी रुचि रखनेवाले, प्रखर बुद्धि और स्मरण शक्तिवाले। साहित्य में उनकी विशेष रुचि थी। वे प्रायः उन्हें कहा करते, "साहित्य और दर्शन का तो गहरा आत्मीय संबंध है, ऋषि।"

जब ऋषि को विश्वविद्यालय परिसर में फ्लैट मिला तो डॉ. त्यागी के घर से केवल पांच मिनट की दूरी पर। जिस शाम वे नए घर में पहुंचे, उसी शाम डॉ. त्यागी उन्हें अपने घर लिवा ले गए, रात के खाने के लिए। घर को देखते ही लगा किसी ने बहुत प्रेम से सजा रखा था। मिसेज लता त्यागी को देखा तो ऋषि देखते ही रह गए। गेहुआं रंग, पतली-दुबली काया, तीखे नक्श, चपल-चंचल आंखों और अदाओंवाली मनमोहिनी लता त्यागी। ऋषि कभी उसे देखते, कभी शांत गंभीर डॉ. त्यागी को। यह मेल उनकी समझ से परे था और उनकी आयु का अंतर भी। बाद में उन्हीं के विभाग के नरेश ने बताया, "यह डॉ. त्यागी की दूसरी पत्नी है। पहली पत्नी की मृत्यु के एक वर्ष के भीतर ही मन जीत लिया इसने प्रोफेसर साहब का। वर्ष पूरा होते ही शादी भी हो गई। वास्तव में यह उनकी पहली पत्नी की एक कजिन की बेटी है।"

ऋषि को फिर भी उलझा देख नरेश ने स्पष्ट किया, "लोग कहते हैं कि इस औरत ने ही पहल की थी। प्रोफेसर साहब की पहली शादी के बाद से ही इसकी नजर टिक गई थी उन पर। उनकी पत्नी की मृत्यु होते ही इसने समय

नहीं गंवाया और फिर एक कमजोर क्षण में प्रोफेसर साहब कुछ ऐसा कर बैठे कि उनको इससे शादी करनी पड़ी। यूं वे पूरी तरह खुश हैं अपने इस बंधन से।''

कुछ ही महीने बीते थे कि प्रो. त्यागी एक फैलोशिप पर एक वर्ष के लिए अमेरिका चले गए। लता त्यागी विश्वविद्यालय परिवार का हिस्सा बनी रहीं। लोग उनके अकेलेपन का ध्यान करके उन्हें हर छोटे-बड़े अवसर पर आमंत्रित कर लेते। ऐसे में ऋषि जब-जब उसे मिलते, उसकी चंचल आंखें उन्हें बांध लेतीं। यूं वह सहज-सामान्य रूप से सबसे हँसती, बतियाती, परंतु उसकी आंखें जैसे हर पल ऋषि का पीछा किया करतीं।

एक रात वे भोजन के बाद फ्लैट्स के पीछे बने पार्क में चारों ओर बनी सड़क पर सैर कर रहे थे कि लता त्यागी ने उन्हें देख लिया और हाथ हिलाकर 'हैलो' करती हुई उनके पास चली आई। इक्का-दुक्का लोग, सड़क के किनारे-किनारे लाल गुलाबी फूलों की क्यारियां, तारों भरा निखरा हुआ आकाश और लता त्यागी से आ रही मोहक सेंट की सुगंध। चलते-चलते लता को हल्की-सी ठोकर लगी। ऋषि ने उसे संभाला तो एक लहर-सी दौड़ गई उनके समूचे शरीर में। दोनों बैंच पर जा बैठे और इधर-उधर की बातें करने लगे। इसके बाद यह एक अनकहा नियम बन गया। दोनों रात के खाने के बाद पार्क में मिलते और एक साथ सैर करते। कभी-कभी ऋषि के मित्र उन्हें इस दोस्ती के लिए छेड़ते अवश्य, लेकिन कोई भी इस बात को गंभीरता से नहीं लेता। बात उस दिन गंभीर हो गई, जिस दिन यह दोस्ती उन्हें लता त्यागी के बेडरूम तक ले गई। दिन और महीने बीतते दोनों को पता नहीं चला। केवल आसपास के कुछ लोगों की नजरें बदल गईं, जो कभी कौतूहल, कभी जिज्ञासा, कभी धिक्कार और कभी उपहास से भर जातीं। एक शाम लता पार्क में मिली तो उसने एक साथ दो सूचनाएं ऋषि को दीं—एक यह कि डॉ. त्यागी दो सप्ताह बाद देश लौट रहे हैं और दूसरी यह कि वह गर्भवती है।

''समझ नहीं आ रहा ऐसे में मैं उनका सामना कैसे कर पाऊंगी।''

'मैं भी।' उन्होंने मन ही मन कहा, परंतु ऊपर से कुछ नहीं बोले। लता अपने ही दुःख और पश्चाताप में यूं बिलख-बिलखकर रोने लगी कि वे अपने संताप के विषय में कुछ नहीं कह पाए। डॉ. त्यागी के वापस आने से पहले वे लोग केवल तीन बार और मिले और तीनों ही बार लता अपने आंसुओं में डूबती-

उतराती रही। ऋषि हैरान थे कि लता ने एक बार भी गर्भ से छुटकारा पाने की बात नहीं की। इसलिए एक दिन उन्होंने स्वयं ही बात छेड़ दी तो वह बोली,

"नहीं ऋषि। यह मेरा बच्चा है। मैं इसे खोना नहीं चाहती। यह अच्छा है कि प्रोफेसर साहब कुछ ही दिन में आ रहे हैं। लोगों को समझाना कठिन नहीं होगा कि यह उन्हीं का बच्चा है।"

"लेकिन खुद डॉ. त्यागी। वह कैसे..."

लता के माथे पर दृढ़ता की रेखाएं उभर आई, "शायद वह भी नहीं समझें। सच समझ में आ भी गया तो भी उन्हें अपनाना होगा इस बच्चे को।"

उसके तेवर पर हैरान ऋषि आंखों में प्रश्नभर उसकी ओर एकटक देखने लगे। लता उनकी दृष्टि समझकर बोली, "उनके विषय में बहुत कम ही लोग यह बात जानते हैं कि उनके कई औरतों से संबंध रह चुके हैं। अब भी वह विदेश में भी मेरी ही याद में तो नहीं बैठे, मेरे भी परिचित और रिश्तेदार हैं वहां..." लता की आवाज फिर आंसुओं में डूब गई।

ऋषि पहले ही एक जाल से नहीं उबर पा रहे थे। अब एक दूसरे जाल में उलझ गए। लता फिर कह रही थी, "क्या मेरी एक गलती वह माफ नहीं कर पाएंगे? आखिर मैं भी तो उनके विषय में सब कुछ जानते-समझते हुए भी..."

उस रात ऋषि ठीक से सो नहीं पाए और फिर उसके बाद कभी नहीं। पूरी रात करवट बदलते रहे, परंतु डॉ. त्यागी के शांत, गंभीर व्यक्तित्व के साथ इस नई जानकारी का तालमेल नहीं बैठा पाए। अगले ही दिन उन्होंने अपनी नौकरी से त्यागपत्र दे दिया और दिल्ली आने का फैसला कर लिया। इससे पूर्व जितनी बार भी डॉ. त्यागी से भेंट हुई, उनकी आंखों को तटस्थ भाव से अपने चेहरे पर टिके पाया। कोई असुविधाजनक बातचीत उन दोनों के बीच नहीं हुई।

लता त्यागी को बेटा होने का समाचार उन्हें दिल्ली में ही अपने एक पुराने सहयोगी से मिला। सुनकर बहुत छटपटाया मन अपने पुत्र को देखने के लिए। उनके लिए यह एक बिल्कुल नवीन अनुभूति थी, एक नया ही अनुभव। उनका अपना ही अंश एक स्वतंत्र इकाई के रूप में संसार में आ चुका था, लेकिन वे उसे अपना तो क्या, देख भी नहीं सकते थे। वे कई दिन सोच में डूबे रहे। धीरे-धीरे सामाजिक सीमाओं को न लांघ पाने की हताशा उन्हें हराने, थकाने लगी। समय के साथ-साथ एक वैराग्य-सा घर करने लगा उनके मन में। वैराग्य की इस भावना के चलते समय रहते विवाह भी नहीं कर पाए। एक लंबे अंतराल तक

कभी-कभार किसी पुराने परिचित से डॉ. त्यागी और उनके परिवार का शुभ समाचार मिल जाता।

वर्षों बीत गए। अचानक पत्र-पत्रिकाओं में संजीव का नाम आने लगा, "केवल बीस वर्ष की आयु में पहला उपन्यास, एक प्रतिभावान लेखक, होनहार पिता का होनहार पुत्र।" इत्यादि-इत्यादि, पढ़कर ऋषि को गर्व भी होता, परंतु पिता के नाम के आगे किसी अन्य का नाम देखकर मन भंवर में भी डूबने लगता।

वे पत्र-पत्रिकाओं को अधिक सतर्कता से पढ़ने लगे, टीवी पर सांस्कृतिक हलचलों पर अधिक ध्यान देने लगे। कहीं पुत्र का नाम या उसका चेहरा देखने को मिल जाए।

अचानक वे अपने विचारों से बाहर आए। सामने टीवी के परदे पर उद्घोषक का मुस्कराता चेहरा दर्शकों से कह रहा था, "संजीव त्यागी, जो इतनी ख्याति अर्जित कर लेने के बाद भी अपने माता-पिता की हर छोटी से छोटी इच्छा या जरूरत को कभी नहीं भूले। उनके सब परिचित जानते हैं कि उन्होंने पिता के अंतिम दिनों में उनकी कितनी सेवा की और किस प्रकार महंगे से महंगे डॉक्टरों और अस्पतालों की सेवाएं उनके लिए उपलब्ध करवाईं...किस प्रकार वे रात-रात भर जागकर..."

ऋषि ने बरबस ही अपनी अस्सी वर्ष बूढ़ी हड्डियों को देखा। आंखों की पुतलियों के आगे पानी की परत इस प्रकार छा गई कि टीवी का परदा नजर आना बंद हो गया। दिल के परदे पर लगभग एक दशक पहले के चित्र झिलमिलाने लगे...एक पुराने सहयोगी का पत्र मिला था, 'ऋषि शायद तुम नहीं जानते डॉ. त्यागी आजकल बहुत बीमार हैं, बल्कि उनकी हालत काफी गंभीर है। इसलिए उन्हें इलाज के लिए दिल्ली ले जाया जा रहा है। मैं तुम्हें यह बात विशेष रूप से इसलिए लिख रहा हूं कि कुछ दिन पहले मैं उन्हें देखने गया था तो वे बार-बार तुम्हें याद कर रहे थे, तुमसे मिलने का मन है। ऐसा लगता था जैसे कुछ है उनके मन में। हो सके तो उन्हें मिल आना अस्पताल में।' पत्र पढ़कर एकबारगी तो ऋषि का मन हुआ कि जाकर मिल ले उनसे। इसी बहाने अपने पुत्र को एक बार देख तो पाएंगे और लता भी तो होगी वहां, परंतु वे केवल सोचकर ही रह गए, गए नहीं। सच कहा जाए तो जाने का साहस नहीं जुटा पाए वे। वे जानते थे दिल्ली के उस पांच सितारा अस्पताल में जाकर वे अपनी ही नजर में दयनीय हो उठेंगे। डॉ. त्यागी के साथ अपनी तुलना करने से रोक नहीं पाएंगे स्वयं को,

विशेषकर जब संजीव भी उपस्थित होगा वहां और लता भी। नियति के भी कैसे खेल हैं, किसका खजाना, किसका अधिकार...

सोचते-सोचते दिमाग में कुछ ऐसा शोर भर गया कि उन्होंने घबराकर फिर से अपने को संजोने का प्रयास किया। यह रास्ता पागलपन की ओर जाता है। उन्होंने एक बार फिर टीवी उद्घोषक के शब्दों की ओर ध्यान देने की कोशिश की, परंतु कोई और ही आवाज सुनाई देने लगी उन्हें, जो उनके भीतर कहीं गहरे से उठ रही थी, 'यह लोग गलत कह रहे हैं। तुम संजीव त्यागी नहीं हो। त्यागी नहीं हो तुम। तुम मेरे पुत्र हो। तुम्हें छला गया है पुत्र। तुम मेरा अंश हो। देखो मुझे...मेरा बुढ़ापा बुला रहा है तुम्हें, मेरा एकाकीपन। आज मैं तुम्हें आवाज दे रहा हूं पुत्र, मैं तुम्हारा पिता..." वे वहीं सोफे पर लेट गए।

बहादुर बड़बड़ाता हुआ किचन से भागा-भागा आया, 'क्या अंट-संट बोल रहे हैं अपने आपसे। देख रहे हैं टीवी और जाने किससे बात कर रहे हैं। यह पुत्र-पुत्र क्या है...'

उसने पास आकर देखा, वे टीवी की ओर मुंह करके लेटे थे। होंठ अब भी हिल रहे थे और टीवी के परदे पर टिकी उनकी आंखें जैसे आंखें नहीं, दरिया हो गई थीं।

उस रात की बात

आज से लगभग चालीस वर्ष पहले की बात है। उन दिनों की जब एक प्रसिद्ध प्रतिष्ठान में मुझे रिसर्च स्कॉलर के रूप में काम करने का सौभाग्य प्राप्त हुआ था। शर्त केवल यही थी कि दो वर्ष वहां लगातार रहकर अपना शोधकार्य पूरा करना होगा। मैंने खुशी-खुशी अपना बैग उठाया और चल पड़ा पहाड़ों में बसे सुंदर प्रतिष्ठान में दो वर्ष के लिए अपना घर बनाने। शाम ढल रही थी जब मैं वहां पहुंचा। उस भव्य भवन को देखा तो देखता ही रह गया। ऊंचा और लंबा-चौड़ा। बड़े-बड़े दूर तक फैले हुए लॉन। लॉन के पार सदियों पुराने घने शाहबबूल वृक्षों का जंगल, जहां कहीं-कहीं देवदार भी थे। वृक्षों के पीछे से झांकती सुदूर पहाड़ों की गगनचुंबी चोटियां, जिनमें कोई-कोई बर्फ से ढंकी थी।

भीतर जाकर नाम रजिस्टर करवाया तो वहीं ज्ञात हुआ कि उस वर्ष वहां लगभग चौबीस-पच्चीस रिसर्च स्कॉलर काम

कर रहे थे और दस-बारह वरिष्ठ प्रोफेसर। कुल मिलाकर चौंतीस-पैंतीस लोग वहां थे। सबका अपना अलग-अलग कमरा। दो-दो के लिए एक अध्ययन-कक्ष, लेकिन वहां की जो चीज अति प्रसिद्ध और वास्तव में देखने योग्य थी, वह था वहां का बहुत बड़ा और भव्य पुस्तकालय। संसार भर के ग्रंथ वहां उपलब्ध थे शायद। देखकर मन पुलक उठा। ऐसी लाइब्रेरी में बैठकर पढ़ना-लिखना अपने आपमें एक अनुभव था। मन में कुछ कष्ट भी हुआ। यहां तो आजीवन पढ़ते-लिखते रहो, फिर भी ज्ञान के इस अपार भंडार का कोना न छू पाओ। केवल दो वर्ष में क्या होगा। दो दिन बीतते न बीतते मन चाहने लगा कछ ऐसा हो कि यहीं रह जाऊं शेष जीवन।

वहां आए सब लोग अपने काम को लेकर बहुत गंभीर थे। अपने-अपने दायरे में ही सीमित रहते। कोई भी किसी की शांति भंग नहीं करता—एक ऐसी सोच जो बाहर की दुनिया में धीरे-धीरे दम तोड़ रही थी। काम के प्रति असीम प्रतिबद्धता देख रहा था मैं। वातावरण ही ऐसा था कि जी चाहता पढ़ूं, पढ़ूं और केवल पढ़ूं।

दिन में तीन बार अवश्य सब लोग एक दूसरे से टकराते—नाश्ते के समय और दोनों समय के भोजन के समय। वे छोटे-छोटे झुंड बनाकर डाइनिंग हॉल में लगी सात-आठ गोलाकार मेजों पर जा बैठते। खूब जमकर चर्चा होती—कभी अखबार की सुर्खियों पर, कभी साहित्य या फिल्मों पर, कभी दर्शन के किसी गहन विषय पर। मेरे जैसे दिल्ली से आए लोगों के लिए आश्चर्य की बात—राजनीति पर बहुत कम बहस। नहीं के बराबर। राजनीति में घटिया तरीकों और प्रतिदिन के जीवन से ऊपर उठकर सोचने को मजबूर करनेवाला एक अत्यंत सजीव और प्रेरणादायक वातावरण।

एक रात मैं अपने कमरे से अकेला ही खाना खाने के लिए भोजनालय की ओर चल दिया, जो मुख्य भवन के दाईं ओर था। शर्मा और मुखर्जी घंटाभर पहले ही कुछ सामान खरीदने नीचे बाजार की ओर उतर गए थे और कह गए थे कि खाना खाकर ही लौटेंगे। हमारे होस्टल से एक तंग, टेढ़ा-मेढ़ा छोटा रास्ता जाता था मेस की ओर। मैं इसी रास्ते पर मस्ती से चला जा रहा था, ठंडी हवा के झोकों को अनुभव करता, वहीं से खरीदी शॉल को कसकर अपने इर्द-गिर्द लपेटता और किसी पुरानी हिंदी फिल्म का गीत गुनगुनाते-गुनगुनाते सिगरेट के

कश खींचता हुआ। यह रूमानियतभरा माहौल दिल्ली में कहां मिलता था। मेस मुख्य भवन के दाईं ओर बना था। भवन की छत पर दो तथा सामनेवाले लॉन में दो हजार-हजार वॉट के बल्ब जल रहे थे, जो उसे पूरे परिसर को एक रहस्यमयता प्रदान कर रहे थे। उस रहस्यमयता की रोमांचकता का दिल-दिमाग में अनुभव करता हुआ मैं सामने मुख्य भवन की ऊंचाइयों को मन की आंखों से नापता हुआ चला जा रहा था। वास्तुकला की प्राचीन भारतीय शैली के साथ अन्य कई शैलियों का सम्मिश्रण—गोथिक, इंग्लिश, नॉर्मल, मुगल इत्यादि-इत्यादि। लंबे-लंबे बरामदे, ऊंचे दरवाजे, विशाल खिड़कियां और कई प्रकार के मेहराब तथा बुर्ज।

तभी एक धुंधली-सी आकृति उभरी सबसे ऊपर वाले बुर्ज पर। दूर से समझ नहीं पाया क्या था। जल्दी-जल्दी डग भरकर समीप जाकर देखने का प्रयत्न किया। वह एक मानवाकृति थी। कोई उस ऊंचे बुर्ज पर बैठा बांसुरी बजा रहा था। ध्वनि सुनाई नहीं दे रही थी, परंतु उस व्यक्ति के हाथों की मुद्रा में स्पष्ट था कि वह बांसुरी बजा रहा था। चकित भी और सम्मोहित भी, मैं खड़ा देखता रह गया कुछ पल, अपलक-अवाक! मेरे रोएं खड़े हो गए। शरीर में सहसा एक सिहरन-सी दौड़ गई तो मैं आगे चल पड़ा।

उसी अवस्था में मैं खाने के कमरे में पहुंचा। अलग-थलग एक मेज पर जा बैठा। खिड़की से बाहर देख रहा था कि पासवाली मेज पर बैठे डॉ. श्रीराम का स्वर सुनाई दिया। वह अपने साथ बैठे लोगों से कह रहे थे, "डू यू नो। यह जो दीवारों पर रेशमी कपड़ा लगा है वॉल पेपर की जगह, यह शुरू से है, जब से इस भवन का निर्माण हुआ है। अंग्रेजों के समय से।"

मैंने चारों ओर नजर दौड़ाई। सुंदर बादामी रंग का रेशम दीवारों पर लगा था। देखने में एक-दो वर्षों से अधिक पुराना नहीं लग रहा था। मैं खाना आरंभ करते हुए यूं ही केवल बात करने के लिए डॉ. सिंह की ओर मुड़ा, जो इस बीच आकर मेरी मेज पर बैठ चुके थे।

"डॉ. सिंह अभी मैं मेस की ओर आ रहा था तो किसी को मुख्य भवन के सबसे ऊंचे बुर्ज पर बैठे बांसुरी बजाते देखा। वेरी रोमांटिक।"

डॉ. सिंह के हाथ में पकड़ी चम्मच अनायास प्लेट से टकरा गई।

"यानी तुमने भी देखा उसे! विश्वास नहीं होता।"

''भी का मतलब...और विश्वास क्यों नहीं होता?''

''अनहोनी बात है, इसलिए। क्या तुमने इस बात की ओर ध्यान दिया कि इतने ऊंचे कोई चढ़ कैसे सकता है। चढ़ भी जाए तो वहां बैठ कैसे सकता है, वह भी इतने आराम से कि वहां बैठकर बांसुरी बजा सके।''

हठात् बात मेरी समझ में आ गई। इसीलिए मेरे रोंगटे खड़े हो गए होंगे उस समय। क्यों मैंने ध्यान नहीं दिया इस ओर। वास्तव में ही उस बिंदु तक चढ़ पाना असंभव था, और वहां बैठकर बांसुरी बजाना किसी भी स्थिति में हो ही नहीं सकता था।

''तो फिर मैंने यह किसको...क्या देखा, डॉ. सिंह?''

''जिसे तुमने देखा, वह यहां के लोगों की भाषा में एक दुःखी आत्मा है। लगभग तीन वर्ष पहले एक अन्य रिसर्च स्कॉलर ने भी उसे इसी प्रकार देखा था, उसी स्थान पर बैठे बांसुरी बजाते हुए।''

अचानक मेरे पांव के नीचे की जमीन कांपकर सरकने लगी। मैं दहशत से भर उठा। श्रेयसी भी उत्तेजित हो कह उठी,

''हां, हां! मैंने भी उसके विषय में सुना है। तीन वर्ष पहले जिस रिसर्च स्कॉलर ने उसे देखा था, वह मेरी मित्र है। वह बांसुरीवादक वास्तव में एक दुःखी आत्मा है। स्थानीय लोगों का यही मानना है।''

पल, दो पल बाद संभलकर मैंने पूछा, ''लेकिन यह दुःखी आत्मा है कौन? मेरा मतलब किसकी?''

डॉ. सिंह कहने लगे, ''अधिक तो पता नहीं, परंतु सुना है यह भव्य इमारत अंग्रेजी राज्य के स्थानीय प्रशासन का कार्यालय था। एक भारतीय युवक यहां काम करता था। युवक बहुत सुंदर और संवेदनशील था तथा बेहतरीन बांसुरी वादक। कहते हैं बहुत मधुर बांसुरी बजाता था। सुननेवाले दीवाने हो जाया करते थे। इसी कार्यालय के किसी उच्च अंग्रेज अफसर की अठारह वर्षीय बेटी से प्रेम हो गया उसे। अपने प्रेम में वह इस प्रकार पागल हो गया कि गाहे-बगाहे उस अधिकारी के बंगले के चक्कर लगाने लगा। परिणाम तो तुम समझ सकते हो। कुछ महीनों के भीतर एक सड़क दुर्घटना में मारा गया।''

''हां! एक टिपिकल प्रेम-कहानी का टिपिकल अंत। किसी हिंदी फिल्म की कहानी लगती है।''

कुछ पल के लिए हमारी मेज पर सन्नाटा छा गया। तभी नारंगी रंग की कमीज और काली जींस पहने चालीस-पैंतालीस वर्ष के एक अत्यंत आकर्षक पुरुष ने हॉल में प्रवेश किया। उसे देखते ही हॉल में 'हैलो' 'हैलो' का समवेत स्वर गूंज उठा। उसे देखते ही एक खुले व्यक्तित्व का अहसास हुआ। ऐसा प्रतीत हुआ जैसे वह अत्यंत लोकप्रिय था। मेरे अतिरिक्त हर कोई उससे परिचित लग रहा था। मैंने श्रेयसी को एकटक उसकी ओर देखते पाया तो डॉ. सिंह से बिना पूछे नहीं रह सका।

"यह महाशय कौन है?"

डॉ. सिंह हैरानी से मुझे देखते हुए बोले, "यह डॉ. नवीन हैं। यहां इन्हें सब लोग 'जीनियस' कहते हैं। बहुत प्रबुद्ध हैं। ऐसा सुना है।"

"पहले कभी नहीं देखा इन्हें यहां।"

"तुम्हारे आने से एक-दो दिन पहले ही कुछ दिन के लिए बाहर गए थे। आज सुबह ही लौटे हैं।" डॉ. सिंह ने बताया। फिर मेरी ओर झुकते हुए अर्थ भरी नजर से मुझे देखते हुए पुनः बोले, "जानते हो, डॉ. नवीन विभिन्न विषयों में रुचि रखते हैं और उनकी पूरी जानकारी भी, और हां शायद तुम्हें दिलचस्प लगे यह बात, बांसुरी बहुत अच्छी बजाते हैं।"

सुनते ही मेरे अत्यंत तर्कवादी मन ने तुरंत यह फैसला कर लिया कि जिस बांसुरीवादक को मैंने देखा था, वह यही व्यक्ति रहा होगा। फिर भी एक प्रश्न तो मन में बना रहा। यह आदमी वहां पहुंचा कैसे। 'कुछ किया होगा।' सोचकर पूरे प्रसंग को मन के किसी पिछले कोने में धकेल देने का प्रयास किया। जब खाने के बाद अपने कमरे में वापस लौटने के लिए मेस से बाहर आया तो बार-बार उस बुर्ज को ध्यान से देखा। क्या वह बांसुरीवादक अब भी वहां था। नहीं, अब वहां कोई नहीं था। मेरा विश्वास पक्का हो गया कि उस समय वहां 'जीनियस' ही रहा होगा।

उस रात मैं ठीक से सो नहीं पाया। जागता-सोता उस बांसुरी-बजैया को ही देखता रहा, गहराती रात के धुंधलके में लिपटा बुर्ज पर बांसुरी बजाता हुआ।

अगली सुबह तक वह पूरा प्रकरण एक स्वप्न-सा प्रतीत होने लगा। फिर भी ऐसे क्षण आते, जब एक जलता हुआ प्रश्न कौंध जाता मन में। वह वास्तव

में था कौन? अंततः निर्णय लिया कि हो न हो, आज रात इस पहेली का समाधान ढूंढ़कर ही रहूंगा।

रात के खाने के समय यूं ही टहलता-टहलता 'जीनियस' के कमरे की ओर निकल गया। लंच पर भेंट हो ही चुकी थी। इसलिए बात करना कठिन नहीं होगा। देखा उसके कमरे का दरवाजा खुला था। मैंने धीरे-से थपथपाया।

"कम इन।" भीतर से संयत आवाज आई।

मैं अंदर पांव रखता हुआ बोला, "यूं ही इधर टहल रहा था कि आपका दरवाजा खुला देखा। सोचा 'हैलो' करता चलूं।"

डॉ. नवीन ने मुस्कराकर स्वागत किया। एक कुरसी की ओर इशारा करके बोले, "बैठो।"

मैंने बिना बैठे ही कहा, "सुना है आप बांसुरी बहुत अच्छी बजाते हैं।"

वे मस्करा दिए, "लोग कहते हैं।"

मैं शब्दों को सावधानी से संजोता हुआ बोला, "सर, मेरे मन में एक शंका है। कल रात मैं खाने के लिए मेस की ओर आ रहा था तो सबसे ऊंची छत के सबसे ऊंचे बुर्ज पर किसी को आराम से बैठे बांसुरी बजाते देखा। वह आप ही थे न? और कोई तो यहां बांसुरी बजाता नहीं।"

मेरी आंखें उनके चेहरे पर जमी थीं। वे मेज पर पड़े कुछ कागजों को फाइल में संजोने लगे। धीरे-धीरे सुलझे हुए ढंग से पलकें ऊपर उठाकर, अपलक मुझे देखते हुए उन्होंने कहा, "हां मैं ही था, लेकिन अब मुझसे यह मत पूछना कि मैं वहां पहुंचा कैसे।"

उनकी आंखों में एक अलौकिक चमक थी और होंठों पर रहस्यमय मुस्कान। मैंने बात बदल दी, "खाना खाने जा रहा हूं। आप नहीं चलिएगा।"

"तुम चलो।" मैं कुछ देर बाद जाऊंगा।"

मैं 'गुड नाइट' कहकर बाहर आ गया। मेरी शंका का समाधान हो गया था। जाकर डॉ. सिंह तथा श्रेयसी को बताऊंगा, किस प्रकार निराधार अफवाह फैलती हैं।

भोजनकक्ष में पहुंचा तो सामने ही एक मेज पर दोनों बैठे दिखे। मैं भी उनके पास जा बैठा। अपनी प्लेट में खाना परोसने से पहले इधर-उधर निगाहें घुमाईं, खिड़की के पासवाली मेज पर 'जीनियस' बैठा खाना खा रहा था। मेरे हाथ

जहां के तहा रुक गए। एक घबराहट ने दबोच लिया मुझे। तब तक जीनियस ने भी मुझे देख लिया था। उसने एक हाथ ऊपर करके हवा में हिलाते हुए 'हैलो' कहा।

"आप कब आए यहां।" मैंने हकलाते हुए पूछा।

"लगभग आधा घंटा हो गया होगा। क्यों?" उसके स्वर में विस्मय था।

मेरे घुटने कांपने लगे। विस्फारित नेत्रों में अंधेरा घिरने लगा। अपने कमरे में मुझसे बात करते 'जीनियस' की आंखों की चमक और होंठों की रहस्यमय मुस्कान हठात् मेरी नजरों के आगे कौंध गई।

वो कौन था? क्या था?

अंत नहीं

बहुत सुंदर बंगला था। पहाड़ी के ऊपर बना हुआ, चारों ओर से रंग-बिरंगे फूलों की झाड़ियों से घिरा हुआ। सप्ताहभर में बंगला अपनी रुचि के अनुसार सजा-संवार लिया। बंगले के दक्षिणी भाग के अंतिम छोर पर एक कमरा था, जिसको मैंने अपना अध्ययन-कक्ष बना लिया ताकि शेष घर के शोर से परे हटकर पढ़-लिख सकूं। बहुत समय हो गया था, कोई नई कहानी लिखे। यहां आकर लगा शायद शीघ्र ही कुछ लिख पाऊंगी।

दिनभर में घर मैं अकेली रहती थी, दोनों नौकरों को छोड़कर। यह समय मैंने अपने अध्ययन-कक्ष में बिताना आरंभ कर दिया। जैसे ही कागज सामने रखकर हाथ में कलम थाम, आंखें बंद करके बैठती, लगता कोई मेरे बहुत पास आकर बैठ गया है, कुछ कह रहा है, जिसे मैं शायद समझ तो पा रही हूं, परंतु स्पष्ट रूप से सुन नहीं पा रही।

मैं जैसे हल्की नींद से जगकर आंखें खोलती, आसपास देखती, परंतु वहां कोई नहीं होता। मैं स्वयं पर झुंझलाती। दो-चार दिन यही होता रहा। कोई अनजानी कहानी जैसे दिमाग में बनती-मिटती जा रही थी। मैं एक अक्षर भी कागज पर नहीं उतार पाती, लेकिन कहानी कहीं मन को लगातार झिंझोड़ती रहती। दो-चार दिन बाद लगने लगा, जैसे कमरे की हवा, उसकी दीवारें तक कुछ कहना चाह रही हैं। मैं ही समझ नहीं पा रही। कोई कहानी इस कमरे में, शायद इस घर में छुपी है जो मुझ तक पहुंचना चाह रही है। मैं ही उसे पकड़ नहीं पा रही हूं। ऐसा तो मेरे साथ पहले कभी नहीं हुआ। मैं परेशान हो उठी।

एक शाम मन यूं ही उचट-सा गया। मैंने ड्राइवर को बुलवा लिया और झील की ओर निकल गई। रास्ते में ड्राइवर कुछ झिझकता हुआ सा बोला, "हुकुम, आप तो लिखती हैं न। मैंने आपका चित्र एक पत्रिका में देखा था। कहानी भी पढ़ी थी।"

मैंने हैरान हो संक्षिप्त-सा 'हां' कह दिया।

"एक कहानी मैं आपको सुनाना चाहता हूं, हुकुम, अगर आप लिखना चाहें।"

मैं चौंक उठी, "कैसी कहानी?"

"एक दुखियारी औरत की कहानी। दस बरस से यह कहानी मेरे दिल पर एक बोझ है। जी चाहता है सबको, पूरी दुनिया को सुनाऊं यह कहानी।"

इतना कहकर लहरी सिंह चुप हो गया। मैं झील के एक किनारे बनी सीमेंट की छतरी के नीचे बैठ गई। लहरी सिंह भी गाड़ी पार्क करके वहीं आ गया और जरा हटकर बैठ गया।

"समझ में नहीं आ रहा हुकुम कहानी कहां से शुरू करूं।"

"अपने से ही शुरू करो लहरी सिंह। तुम्हारे मन में क्यों बैठी है यह कहानी।"

लहरी सिंह कुछ पल चुप रहकर जैसे अपने-आपको तैयार करता रहा। फिर कहने लगा।

"दस बरस पुरानी बात है, हुकुम। मैं नौकरी में नया-नया आया था और इसी बंगले पर मेरी ड्यूटी थी। जो अफसर उस समय यहां रहते थे, रावत साहब, उनके बारे में अजीब बातें सुनने को मिलती थीं। मेरे पिताजी उनके चपरासी थे। इसलिए मैं बहुत कुछ सुनता रहता था। सबसे अधिक जो उनके बारे में सुनाई

देता था, वो उनके अत्यंत क्रोधी, लगभग क्रूर स्वभाव के बारे में था। उनके महकमे का हर आदमी बहुत परेशान और घबराया रहता था और काम में गलतियां करता रहता था। उनके बारे में कुछ और भी बातें..."

"कहो! हिचको मत। पूरी बात कहो।"

"उनके यहां काम करने से पहले मैंने यह भी सुना हुकुम कि वे अपनी पत्नी से बहुत बुरा बर्ताव करते थे और क्या कहूं आपसे। उनके अपनी एक साथी अफसर के साथ संबंध, हालांकि वह औरत उन दिनों बांसवाड़ा में थी। कुछ वर्ष पहले वह यहीं, इसी शहर में सरकारी महकमे में काम कर चुकी थी और अपने तेज और क्रोधी स्वभाव के कारण बहुत बदनाम थी। उसके साथी अफसर तक उसे पसंद नहीं करते थे। बेहद बददिमाग और घमंडी औरत थी। रावत साहब और उसको लेकर काफी हँसी-ठिठोली हुआ करती थी अफसरों और दफ्तर के दूसरे लोगों के बीच। सब लोग यही कहा करते थे कि इस तरह के लोग केवल एक-दूसरे के साथ ही रह सकते हैं और कौन इनके करीब आना पसंद करेगा।

मेरी पहली नियुक्ति ही जब रावत साहब के यहां हुई तो सबको दया-सी आई मुझ पर। सब कहते थे रोज गालिया खाऊंगा उनसे।

पहले ही दिन उनके घर गया तो पाया कि उनका घर आम घरों जैसा नहीं था। बरामदे में पांव रखा ही था कि अंदर से साहब के जोर-जोर से चिल्लाने की आवाज आई। मैं डरकर पीछेवाले दरवाजे से रसोईघर में घुस गया। पता चला कि साहब खानेवाले कमरे में बैठे थे और रसोइये पर चिल्ला रहे थे। दूसरा नौकर सहमा-सा रसोई में ही खड़ा था। मैं तो यह सुनकर ही इतना घबरा गया कि बाहर आकर गाड़ी के पास खड़ा हो गया। लगभग आधे घंटे बाद साहब बाहर आए। वे अब भी क्रोध में थे। गाड़ी में बैठते ही उन्हें ध्यान आया कि वे घड़ी पहनना भूल गए थे। उन्होंने मुझसे अंदर जाकर घड़ी लाने को कहा। मैंने घर के अंदर पांव ही रखा था कि बर्तनों के पटके जाने की आवाज आई। साथ ही एक कमरे से किसी बुढ़िया के बोलने की भी।

'ले जा यह दलिया-वलिया यहां से। हजार बार कहा है, ढंग का नाश्ता दिया कर मुझे। अंग्रेज बनी घूमती है। विलायत में यही तो पैदा हुई थी।'

मालूम हुआ यह साहब की बूढ़ी और बीमार मां थी। मैं सोच ही रहा था कि घड़ी किससे मांगूं कि नीलमजी बुढ़िया के कमरे से बाहर आईं और रसोइये से बर्तन उठाकर कमरे का फर्श साफ करने को कहा।

नीलमजी का हाथीदांत के रंग का सा चेहरा देखते ही मन हुआ अंदर जाकर बुढ़िया के दो-तीन हाथ जमा दूं। नीलमजी सुंदर ही नहीं, बेहद शांत और सलीकेदार भी थीं। रसोइये ने मेरे कान में कहा, "यहां रहना है तो ऐसे रहो जैसे तुम न कुछ देखते हो, न सुनते हो।"

मैं नीलमजी से घड़ी लेकर चला तो आया, परंतु दिनभर चीखने-चिल्लाने की, बर्तन फेंके जाने की आवाजें और एक जोड़ी आंखों में तैरती वीरानगी मेरा पीछा करती रही। जाने क्या था उन आंखों में कि लगता था जैसे कुछ कह रही हैं। जी चाहता देर तक उन्हें देखता रहूं और पढ़ूं उनमें क्या लिखा है। उनमें छाई उदासी की परतों को दूर कर दूं किसी तरह।

एक बादलों ढंकी सुबह देखा कि नीलमजी बाहर बरामदे में बैठी चाय पी रही थीं। उनके हाथ में एक किताब थी, लेकिन आंखें किताब पर न होकर दूर किसी पेड़ या बादल पर टिकी थीं। वही बांध लेनेवाली उदास आंखें। मैं एक ओर खड़ा होकर उनकी आंखों की उदासी पढ़ने का जतन करने लगा। पता नहीं कब रावत साहब भी वहां आकर खड़े हो गए। उन्होंने एकदम डपटकर पुकारा तो मैं चौंका। उनकी आंखें क्रोध और घृणा से भरी मुझ पर टिकी थीं। फिर वे नीलमजी की ओर पलटे।

"तुम यहां किताब लेकर क्या बैठी हो? कोई काम नहीं है क्या?"

नीलमजी ने नजर भरकर उनकी ओर देखा। बोली कुछ नहीं, न ही वहां से उठीं। रावत साहब स्वयं ही भुनभुनाते हुए गाड़ी में बैठ गए। उस दिन के बाद मेरे रहते यदि नीलमजी बाहर बरामदे में आ जातीं या मैं घर के अंदर चला जाता तो वे बेहद चिढ़ जाते और किसी न किसी बहाने मुझे बहुत डांटते। उस समय मैं उनका खून भी कर सकता था।

सप्ताहांत में हम सब लोग खुलकर सांस ले पाते थे, क्योंकि रावत साहब दो दिन के लिए अपनी प्रेमिका के पास बांसवाड़ा चले जाते थे। नीलमजी को खबर थी पूरी बात की। शहर में उनके लिए आदर और स्नेह रखनेवाले कई लोग थे। वही उन्हें इन बातों की सूचना भी देते थे। रावत साहब की गैर-हाजिरी में

नीलमजी कई बार झील पर घूमने आतीं। मैं गाड़ी पार्क करके, यहां आए दूसरे ड्राइवरों से बातें करता रहता। वे कुछ देर झील के किनारे-किनारे टहलतीं और फिर किसी एकांत स्थान में बैठ जातीं। देर तक झील के पानी और आसपास की पहाड़ियों को देखती रहतीं। जाने किन विचारों में खोई रहतीं वे। कई बार जी चाहा पूछूं। एक दिन, डरते-डरते कह ही दिया, 'हुकुम, आप कभी बाहर नहीं जातीं कुछ दिन के लिए?'

वे जैसे कहीं दूर से बोलीं, 'मेरा कोई नहीं है लहरी सिंह, जिसके पास कुछ दिन काट सकूं।'

उनकी आवाज की वीरानगी से मैं डर गया। सौंदर्य इतना अकेला क्यों होता है। उसके बाद मैंने उनसे कभी कुछ नहीं पूछा। हर घड़ी उनके ही बारे में सोचता रहता। धीरे-धीरे मेरा संतुलन बिगड़ने लगा। दिन में तो कैसे भी अपने-आपको संभाले रखता, परंतु शाम को घर लौटने पर या तो सिरदर्द से पड़ा रहता या घर-वालों से बात-बेबात लड़ने लगता। यार-दोस्त बहुत समझाते, 'अपने को संभालो। जो तुम्हारी दुनिया से परे है, उसके लिए इतना परेशान होने का लाभ। यह संसार हर रंग के लोगों से बना है। रावत साहब और नीलमजी जैसे और भी बहुत होंगे।'' मैं जानता था यह सही था, पर अपने पर बस नहीं था।

उन्हीं दिनों रावत साहब की प्रेमिका दो दिन के लिए इस शहर में आई और मार्किट हाउस में ठहरी। उस रात रावत साहब के घर पहले से ही एक पार्टी तय थी। अब वे उस औरत को भी बुलाना चाहते थे, परतु नीलमजी ने मना कर दिया। रावत साहब 'न' सुनने के आदी नहीं थे। हमेशा की तरह वह चिल्लाने लगे, लेकिन नीलमजी अड़ गईं। पहली बार हम लोगों ने नीलमजी को इतने ऊंचे स्वर में बोलते सुना। झगड़ा बहुत बढ़ गया। हर पल यही लग रहा था साहब का हाथ अभी नीलमजी पर उठ जाएगा और फिर वे जाने क्या कर लेंगी।

नीलमजी की इच्छा की कोई परवाह नहीं की गई। वह औरत रात को खाने पर आई। केवल आई ही नहीं, शेष अतिथियों के चले जाने के बाद भी वह वहीं रही। हम लोगों की भी देर रात छुट्टी कर दी गई। पता नहीं किस समय रावत साहब उसे खुद सर्किट हाउस छोड़कर आएं। उस पूरी शाम नीलमजी अपने कमरे से बाहर नहीं निकलीं। यहां तक कि खाने पर आए मेहमानों से भी नहीं मिलीं। उस रात उन्हें किसी ने नहीं देखा।

अगली सुबह नौ बजे जब मैं बंगले पर पहुंचा तो देखा वहां सब कुछ अस्त-व्यस्त था। घर के दोनों नौकर तथा आसपास के बंगलों में रहनेवाले अफसर और उनके घर के लोग बाहर लॉन में खड़े उत्तेजित स्वरों में बात कर रहे थे। मालूम हुआ सुबह नीलमजी अपने कमरे से बाहर नहीं निकलीं थीं। रोज वे सुबह छह बजे बरामदे में चाय पिया करती थीं। उस दिन जब वे आठ बजे तक बाहर नहीं आईं तो नौकर चिंतित हो उठे और उन्होंने रावत साहब का ध्यान इस ओर खींचा। रावत साहब ने पहले तो उन लोगों को बेकार में शोर मचाने के लिए घुड़क दिया, फिर नीलमजी के कमरे में झांका। वे वहां नहीं थीं।

मैं जिस समय बंगले पर पहुंचा, वे फोन पर एस.पी. से बात कर रहे थे। पुलिस ने दिनभर छानबीन की। नीलमजी का कुछ पता नहीं लगा। एक आदमी ने इतना अवश्य बताया कि वह रात के ग्यारह बजे के लगभग झील से सैर करके लौट रहा था कि एक खूबसूरत औरत झील की ओर जाती दिखाई दी थी। उसे अकेले देखकर वह चौंका अवश्य और गौर से उसे देखने लगा। ऐसा लगता था जैसे वह नींद में चल रही थी और कोई बेहद दुःख भरा सपना देख रही थी। एक बार तो वह आदमी ठिठका, पर फिर अपनी राह चला गया।

पुलिस ने झील तथा उसके आसपास के क्षेत्र को बहुत छाना, परंतु कोई सुराग नहीं मिला। जैसे ही शाम को एस.पी. साहब ने बंगले पर आकर रावत साहब को यह सब बताया, मैं रावत साहब की ओर लपका और उनका कॉलर पकड़ लिया। कई हाथों ने मिलकर मुझे खींचकर अलग किया और एक साथ कई थप्पड़ मुझ पर बरसे। स्टाफ के दो लोग मुझे घर छोड़ आए। मैं जोर-जोर से रोने लगा अपनी बेबसी पर, अपने बेबस क्रोध पर। नीलमजी नहीं मिलीं। बड़े अफसर का मामला था। पुलिस ने जल्दी ही केस बंद कर दिया। रावत साहब ने कुछ दिन छुट्टी ली और फिर यहां से अपना तबादला करवा लिया। लोग तरह-तरह की बातें करने लगे, "उसने झील में डूबकर आत्महत्या कर ली होगी।"

"क्या मालूम इस आदमी ने ही बेचारी को कहीं गायब कर दिया हो।"

"अरे खूबसूरत जवान औरत थी। कब तक सहती? हो सकता है अपने किसी यार के साथ कहीं चली गई हो।"

इन बातों को सुनकर मैं पागल होने लगता। लोगों को मारने दौड़ता। यहां तक कि मैं बीमार पड़ गया। छह महीने तक मेरा इलाज होता रहा।''

लहरी सिंह भावावेश से दो पल चुप हो गया, फिर कातरता से मेरी ओर देखता हुआ बोला, ''यही कहानी है उसकी हुकुम। मैं इलाज से ठीक तो हो गया, लेकिन भूला आज तक नहीं उस दर्दनाक हादसे को। आज भी खयाल आता है कि उसका क्या हुआ होगा तो मैं फिर से पागल होने लगता हूं।''

मैंने देखा लहरी सिंह की आंखों में लाल डोरे खिंच आए थे और उसकी आंखें शायद आसपास कुछ भी नहीं देख पा रही थीं। वह शायद अपने भीतर यादों में ही कुछ ढूंढ़ रहा था।

कहीं-कहीं दीप

उमस भरे दिन। बरसात में जितना पानी बरसना था, बरस चुका था। जितनी ठंडी हवाएं चलनी थीं, चल चुकी थीं। जितने काले बादलों को उमड़ना-घुमड़ना था, वो उमड़-घुमड़ चुके थे। रह गई थी तो उमस और घुटन। मन चाहता था चली जाए, कहीं बहुत दूर, जहां न कोई सगा हो, न परिचित। दफ्तर में ही काम करनेवाली मिसेज कुमार ने एक दिन कहा, "मैं सुझा सकती हूं ऐसी जगह। जिन गुरुजी से मैंने दीक्षा ले रखी है, वे पांच दिन का एक शिविर लगा रहे हैं, जहां प्राणायाम और ध्यान-योग सिखाया जाएगा। तुम्हारी रुचि भी है इन चीजों में। केवल दो हजार देने होंगे। ठहरने और खाने-पीने का पूरा प्रबंध उन्हीं लोगों का होगा।"

"लेकिन मैंने तो उनसे दीक्षा नहीं ले रखी।"

"वहां कोई भी जा सकता है। गुरुजी अधिकाधिक लोगों को लाभ पहुंचाना चाहते हैं।

यदि अच्छा लगे तो बाद में दीक्षा ले सकती हो। शिविर के अंतिम दिन इसका भी आयोजन होगा।''

मिसेज कुमार ने सारी आवश्यक सूचना उसे दे दी और एक सप्ताह बाद ही नमिता चल दी इस नई यात्रा पर—एक नितांत नए अनुभव के लिए, इस आशा में कि शायद जीवन पर छा गई अवसाद की परतें कुछ कम हो सकें।

तीन महीने पहले ही मां चल बसी थीं। केवल मां नहीं, उसकी सखी, उसके दुःख-सुख की एकमात्र साथी। समय-समय पर उसकी मार्गदर्शक भी, कठिन क्षणों में उसको ढांढस बंधानेवाली। तभी से जैसे किसी अनदेखे पंजे ने जकड़ लिया था उसके चेतन को। शाम घिरते ही मन बहुत घबराने लगता। वह पसीने से लथपथ होने लगती। आधी-आधी रात को अपने कमरे से बाहर निकलती, पहली मंजिल पर बने अपने फ्लैट का मुख्यद्वार खोल बाहर सीढ़ियों पर जा बैठती। सड़क पर पहरा देता चौकीदार मुड़-मुड़कर उसे देखता और पूछता, 'सब ठीक है न मैडम!' वह सिर हिलाकर कहती, 'हां सब ठीक है।' परंतु कहां था सब ठीक। कुछ भी तो नहीं।

इतना बड़ा घर। प्रत्येक सुख-सुविधा, लेकिन उन सुखों को बांटनेवाला कोई नहीं। संजय क्या गया जीवन से, नमिता विवाह नहीं कर पाई किसी और से। बहुत लड़के घूमते थे उसके पीछे, लेकिन उसे तो लगन थी संजय की और उसके जाने के बाद अपना कैरियर बनाने की। आज इतनी बड़ी कंपनी की सी.ई.ओ. थी। आसमान के जिस टुकड़े को छूना चाहती थी, छू लिया था। फिर भी अभी ऊंचाइयां बाकी थीं, जिन्हें वह छू सकती थी और छू भी लेगी, लेकिन अब जब बालों में कहीं-कहीं चांदी चमकने लगी थी, तो जीवन में एक रिक्तता का अनुभव होने लगा था उसे। उसी रिक्तता को भरने के प्रयास में शायद वह इस यात्रा पर चल दी थी।

आश्रम के गेट के भीतर पांव रखते ही उसने देखा सामने एक खुला, हरा-भरा, वर्षा के पानी से धुला-धुला प्रांगण था। एक ओर दो बड़ी मेजें जोड़कर लगा दी गई थीं, जहां बैठे चार लोग आनेवालों के नाम रजिस्टर में लिख रहे थे और उनको उनके कमरों में भेज रहे थे। आश्रम के दोनों ओर एक-एक भवन था—एक महिलाओं के लिए, दूसरा पुरुषों के लिए। दो जनों के लिए एक कमरा। नमिता के साथ कमरे में थी सुमनलता।

अपराह्न के तीन बज चुके थे। संध्या के पांच बजे प्रार्थना एवं ध्यान के लिए आश्रम के मुख्य हॉल में पहुंचना था। लगभग एक घंटा सुस्ताने के बाद वह तैयार होकर सुमनलता के साथ आश्रम के प्रांगण में पहुंची तो उसकी आंखें चाय की मेज को ढूंढ़ रही थीं। ज्ञात हुआ कि आश्रम में चाय का सेवन नहीं किया जाता। कुछ लोग आश्रम के मुख्य द्वार से बाहर जा रहे थे चाय की तलाश में, जो कुछ ही दूर स्थित छोटे से बाजार में मिल जाती थी। यह एक प्रकार का अलिखित चलन था। उस शाम तो उसने और सुमनलता ने भी बाहर जाकर चाय पी, परंतु तभी यह निर्णय भी लिया कि वे शेष जितने भी दिन यहां रहेंगी, चाय नहीं पिएंगी। स्वेच्छा से यहां आई हैं, तो यहां के नियमों का पालन भी करेंगी। सुनकर पास खड़ी एक औरत हँस दी, "हम तो साधारण मनुष्य हैं, भई। चाय बिना नहीं रह पाएंगे।"

शाम को सत्र आरंभ हुआ तो गुरुजी के हॉल में प्रवेश करते ही निस्तब्धता छा गई। नमिता ध्यान से उनका चेहरा देखने लगी। कोई प्रभामंडल उनके चेहरे के इर्द-गिर्द दिखाई नहीं दिया, परंतु एक असाधारण रूप से शांत चेहरा था वह। इतना शांत कि इस संसार में होते हुए भी संसार से अछूता लग रहा था। वाणी में असाधारण माधुर्य और सम्मोहन। नमिता का मन एकदम शांत हो गया। गुरुजी ने ध्यान योग के कुछ मूल नियम समझाए और उसके बाद एक घंटा अभ्यास करवाया। ध्यान लगाए हुए नमिता को अनुभव हुआ जैसे इंद्रधनुष के समस्त रंग उसकी बंद आंखों के आगे घूम रहे थे। जब अभ्यास समाप्त हुआ तो वह अपने को काफी हल्का अनुभव कर रही थी। इसी अनुभूति के साथ वह बाद में अन्य लोगों के साथ गंगा किनारे भी गई। आकाश में छिटपुट बादल, ठंडी हवा और गंगा किनारे कहीं-कहीं जलते दीप। नमिता को लगा उसका निर्णय सही था। वह ऐसी ही किसी जगह आना चाहती थी, मन-मस्तिष्क की थकन उतारने के लिए।

रात के भोजन से पहले कीर्तन का आयोजन था। एक बार फिर हॉल में प्रवेश करते ही नमिता ने आश्चर्य से देखा! सब लोग बहुत सज-धजकर आए थे, जैसे किसी पार्टी में आए हों। कीर्तन एक घंटे में समाप्त हो गया। बाहर बरामदे में खाने की मेजों की ओर बढ़ते हुए लोग एक-दूसरे से बतियाने लगे। पुराने परिचित छोटे-छोटे झुंड बनाकर खड़े हो गए। नए आनेवाले कौतूहलभरी निगाहों से इधर-उधर देख रहे थे और हिचकते हुए परिचय के लिए औरों की ओर बढ़ रहे थे। एक ओर तीन-चार औरतें एक युवती को घेरकर खड़ी थीं, जो आयु

में चौबीस-पच्चीस से अधिक नहीं लगती थी। युवती बहुत सुंदर थी। गोरा रंग, गठीला शरीर, बड़ी-बड़ी चंचल, बोलती हुई आंखें। नमिता और सुमनलता भी वहीं जाकर खड़ी हो गईं। वह युवती इठलाती हुई कह रही थी, 'बहुत दिन से गुरुजी और मेरे बीच कुछ चल रहा था, जैसे आंखों ही आंखों में। फिर एक दिन गुरुजी ने मुझे बुलाया और कहा, 'तुम क्यों नहीं आश्रम में स्वयंसेविका का काम करती।' मैं कैसे मना करती तब से यहीं हूं। गुरुजी बहुत खुश हैं मेरे काम से।' आसपास खड़ी औरतें 'वाह वाह' करने लगीं जैसे वह युवती यकायक बहुत विशिष्ट हो गई हो। नमिता की बगल में खड़ी एक महिला ने धीमे स्वर में उसे बताया, "आपको मालूम है यह लड़की विधवा है। एक वर्ष पूर्व ही इसका पति एक दुर्घटना में मारा गया। उस समय इसके विवाह को केवल पांच माह ही हुए थे।" नमिता को सहानुभूति तो हुई, परंतु कहीं वितृष्णा भी। 'क्या कह रही थी यह लड़की।' रह-रहकर शाम को देखा गुरुजी का चेहरा आंखों के आगे घूमने लगा। इतना शांत, इतना सौम्य। इस संसार से परे। तो फिर यह लड़की कह क्या रही थी।

अगली सुबह पांच बजे ही प्राणायाम और ध्यान का अभ्यास आरंभ हो गया। नौ बजे नाश्ता और ग्यारह बजे फिर ऐसा ही एक और सत्र। शाम को एक बार फिर। प्रत्येक सत्र में अलग-अलग प्रकार के ध्यानाभ्यास—कभी मंत्रोच्चारण के साथ, कभी रंग और प्रकाश के साथ। हर बार ध्यान में बैठे-बैठे नमिता को कोई नया अनुभव होता। कभी लगता धूप-अगरबत्ती जला दी किसी ने कहीं पास में ही। कभी फूलों की भीनी सुगंध आने लगती। कभी लगता उसका शरीर पंख-सा हल्का हो गया है और धरती से कुछ इंच ऊपर उठ रहा है। नमिता का मन पूरी तरह रम गया। यही सच था। कल रात यूं ही इतनी खिन्न हो उठी थी वह।

शिविर का तीसरा दिन। प्रातः पांच बजे के सत्र में पहुंचे तो समाचार मिला कि उस सत्र का संचालन आश्रम के ही एक स्वामीजी करेंगे। गुरुजी धार्मिक गुरुओं की एक सभा को संबोधित करने हरिद्वार जा रहे थे और कीर्तन के समय तक ही लौट पाएंगे। सुनकर निराशा तो हुई, परंतु स्वामीजी के साथ भी सत्र बहुत अच्छा रहा।

दोपहर का भोजन आरंभ ही हुआ था कि एक ओर से कुछ आवाजें आने लगीं 'वीरेन भइया आए', 'वीरेन भइया आए।' नमिता और सुमनलता ने उत्सुकता से पास खड़ी एक महिला से पूछा, "यह कौन हैं। लगता है कोई वीआईपी आ रहा है।" वह महिला उपहास उड़ाती दृष्टि से उनको देखती हुई बोली, "वीरेन

भइया को नहीं जानती? लगता है आप लोग पहली बार आई हैं आश्रम में। इस संस्थान में विशेष स्थान है इनका। आंख, कान खुले रखने चाहिए न।'' किसी और से पूछने का उन्हें साहस नहीं हुआ। तभी देखा एक लंबा-ऊंचा व्यक्ति खाने की मेजों की ओर बढ़ रहा था, स्त्री-पुरुषों से घिरा हुआ। लाल चेहरा, लंबे-लंबे बाल, एक लट माथे पर, भाव ऐसा जैसे आसपास दिखाई देनेवाली हर वस्तु उसकी संपत्ति हो। सीना और गर्दन दोनों अकड़े हुए। उसे देखते ही नमिता को अनगिनत हिन्दी फिल्मों में देखे जमींदार की याद हो आई। वह सुमनलता के कान में बुदबुदाई, 'यह आदमी तो बिल्कुल शोहदा दिखाई देता है।'

भोजन के बाद वे लोग कुछ पल आराम करने के लिए अपने कमरे की ओर जा रही थीं कि अचानक सुमनलता ने उसका हाथ खींचते हुए सामने बने मुख्य हॉल की ओर इशारा किया। नमिता ने देखा, खुले दरवाजे से सामने बना स्टेज स्पष्ट नजर आ रहा था। वीरेन भइया स्टेज पर पांव लटकाए बैठे थे। आसपास तीन-चार लड़कियां खड़ी या बैठी थीं। उनमें से एक उनकी ओर झुककर खड़ी, उनके घुटने और पांव दबा रही थी। पल्लू कब अपने स्थान से सरककर बांह पर आ गिरा था, उसे होश नहीं था। हाव-भाव ऐसे जैसे रिझा रही हो। वीरेन भइया बहुत प्रसन्न दिखाई दे रहे थे और खिलखिलाते हुए उससे बात कर रहे थे। नमिता की आंखें फैल गईं। यह क्या हो रहा था। कल रातवाली उस युवती की कही बातें फिर मन में फन उठाने लगीं। उसका विश्वास हिलने लगा। लाख प्रयास करने पर भी वह देर तक इस दृश्य को अपनी आंखों के आगे से हटा नहीं पाई।

कीर्तन से पहले प्रतिदिन की भांति सब लोग आसपास टहलने चले गए। नमिता सुमनलता के साथ एक बार फिर गंगा किनारे गई। उन दोनों को यहीं आना भाता था, लेकिन यहां आकर वे अलग हो जाती थीं। ध्यान के बाद नमिता को चुपचाप अकेले बैठना अच्छा लगता था। बात करने का मन नहीं होता था और सुमनलता बोले बिना रह नहीं सकती थी। कभी-कभी वह नमिता का मजाक भी उड़ाती। उसको बातों में उलझाने का प्रयास करती, परंतु नमिता अलग होकर एक किनारे जा बैठती, पानी में पांव डालकर। कुछ न सोचती हुई भी, जाने क्या-क्या सोचती। कभी-कभी ऊपर आकाश, आकाश में तैरते बादलों और गंगा में उठती लहरों के साथ उसे एक गहरा और प्राचीन संबंध अनुभव होता—संसार और समय से परे।

तभी एक ओर से शोर उठा, 'गुरुजी स्नान के लिए आ रहे हैं।'' किसी और आवाज ने कहा, ''वे वहां जाएंगे। बाईं ओर वाले छोटे घाट पर।'' पूरी भीड़ बाईं ओर वाले घाट की ओर भागने लगी। सुमनलता भी नमिता से बोली, ''चलो हम भी उधर चलते है, गुरुजी के दर्शन करने।''

''यह ठीक नहीं है, सुमन। स्नान के समय तो उन्हें अकेले छोड़ देना चाहिए।''

''केवल हमारे न जाने से क्या होगा। बाकी सब लोग तो गए।''

''मैं नहीं जाऊंगी। तुम जाना चाहती हो तो जाओ।''

''ठीक है।'' सुमनलता जल्दी में थी। अन्य लोगों के पीछे भागती चली गई।

लगभग दस मिनट तक कोई विशेष हलचल सुनाई नहीं दी। नमिता का मन अब भी कुछ खिन्न-सा था। कीर्तन का समय होने ही वाला था। सोचा हॉल में जाकर बैठेगी। शायद वहीं मन कुछ बहल जाए। उदास कदमों से वह वापस जाने को मुड़ी। चार कदम ही चली थी कि सामने से चार-पांच आदमी आते दिखाई दिए। वे चुपचाप, बड़े संयत ढंग से बढ़े आ रहे थे। दो गज की दूरी से नमिता ने पहचाना। गुरुजी अपने चार विशेष अनुयायियों के बीच चलते हुए आ रहे थे। स्पष्ट था कि वे दूसरे घाट पर न जाकर इसी ओर आ रहे थे। वह बहुत पछताई। कुछ देर और बैठ गई होती तो यहीं गंगातट पर गुरुजी से भेंट होती। शायद उनसे बात भी कर पाती। गुरुजी ठिठके। वह सोच ही रही थी रुके या आगे बढ़ जाए कि पीछे से दो-तीन पुरुष आकर गुरुजी को वहीं रोककर बात करने लगे। नमिता तेज कदमों से चलकर उन तक पहुंची, झुककर पांव छुए और बिना एक शब्द भी बोले अपनी राह चली गई। आश्रम तक चलते-चलते उसे केवल एक स्निग्धता का आभास होता रहा और आशीर्वाद में उठा गुरुजी का हाथ याद आता रहा। बाद में जब उसने सुमनलता को यह बताना चाहा तो उस पल शब्द उसका साथ छोड़ गए।

अगली शाम एक बार फिर गंगा तट पर ही गुरुजी के दर्शन हुए। इस बार एक बहुत बड़ा प्रश्न बनकर। नमिता एक ओर पानी में पांव डाले बैठी थी कि वे अचानक आ पहुंचे। लोगों ने उन्हें घेर लिया, परंतु जैसे ही उन्होंने स्नान की इच्छा व्यक्त की सब लोग पीछे हटकर खड़े हो गए। नमिता को बहुत अटपटा-सा लगा। आसपास खड़े लोगों से उसने कहा, ''यदि गुरुजी स्नान करना चाहते हैं, तो हम सब लोगों को यहां से चले जाना चाहिए।''

"वाहजी, क्यों। हम तो गुरुजी के साथ होली खेलेंगे पानी से। ऐसे अवसर क्या रोज-रोज मिलते हैं।"

गुरुजी अपने वस्त्रों समेत ही उतर गए पानी में। लोग एकदम किनारे पर खड़े हो कौतूहल से उन्हें देखने लगे। तभी एक युवती ने आगे बढ़, झुककर अंजुरी में पानी भरा और गुरुजी की ओर फेंक दिया। क्षणभर के लिए वे सकुचाए, फिर उन्होंने भी पानी की कुछ बूंदें उसकी ओर उछाल दीं। बंधन टूट गए। लोगों ने दोनों हाथों से उन पर पानी फेंकना आरंभ कर दिया। गुरुजी सकुचाते हुए मुस्कराते रहे और कभी-कभी पानी उछालते रहे। दोनों ओर से होली चल रही थी। नमिता को फिर कहीं यह सब अजीब-सा लगने लगा। वह झटके से उठ खड़ी हुई। उसने लक्ष्य किया गुरुजी आंखों की कोरों से उसे देख रहे थे। उन आंखों की गहराई में एक क्षणिक पीड़ा तैर गई जैसे। वह तेज कदमों से चलकर आश्रम के हॉल में जा बैठी। मन में शंका के कांटे फिर से उग आए थे और उसके विश्वास को लहूलुहान कर रहे थे। वह फिर से बिखर रही थी और अपने ही प्रश्नों से जूझ रही थी, 'यह सब क्यों। ही इज ए गॉडमैन। उन्हें यह सब करने की क्या आवश्यकता है।" उत्तर उसे नहीं मिल रहे थे। कीर्तन आरंभ होने तक उसका मन बहुत अशांत हो चुका था।

अगले दिन शाम का सत्र, शिविर का अंतिम सत्र था। उस सत्र में गुरुजी सबसे मिलनेवाले थे, एक-एक करके। दूसरे ही दिन उन सब लोगों को लौट जाना था अपने-अपने कुरुक्षेत्र में जूझने।

सत्र आरंभ हुआ। गुरुजी एक-एक करके सबके पास जा रहे थे और उनसे उनके विषय में कुछ-कुछ पूछ रहे थे। नमिता के पास आए तो पूछा, "दिल्ली कब जा रही हो, कल?"

चकित हो नमिता केवल 'जी' कह पाई। उन्हें कैसे मालूम वह दिल्ली से आई है। इस पुरुष में कोई अलौकिक शक्ति है, यह विश्वास तो से पहले दिन ही हो गया था, परंतु इन पांच दिनों में बहुत कुछ ऐसा भी देखा था जो इस विश्वास पर प्रश्नचिह्न लगा देता था।

वह इसी उधेड़बुन में थी कि गुरुजी का मधुर स्वर फिर कानों से टकराया, "मैं जानता हूं, तुम्हारे मन में बहुत से प्रश्न हैं। यदि तुम्हें इस प्रकार जाने दूंगा तो शायद तुम्हारा विवेक तुम्हें पुनः इस ओर न आने दे। मैं तुम्हें खोना नहीं चाहता। तुम्हारे जैसे लोगों की बहुत आवश्यकता है मुझे।"

"मैं कल सुबह वापस जा रही हूं, गुरुजी।"

"आज शाम गंगा किनारे ही बात करूंगा तुमसे।"

नमिता कुछ नहीं बोली, परंतु उसके मन में अवश्य यह प्रश्न था कि इतने लोगों की भीड़ में क्या गंभीर वार्तालाप हो पाएगा गुरुजी से।

वह उत्सुकता से शाम होने की प्रतीक्षा करने लगी और शाम घिरते ही मन में उठती शंकाओं को किसी प्रकार समेटती गंगा किनारे जा पहुंची। गुरुजी पहले से ही वहां थे और लोगों से घिरे कह रहे थे—

"मैं जानता हूं, तुम सब मुझे बहुत प्रेम करते हो। उस प्रेम का मैं आदर करता हूं, परंतु उस प्रेम को जताने के लिए मेरे चरण स्पर्श करने की आवश्यकता नहीं। तुम्हारे बीच आते ही मैं उस प्रेम को अनुभव कर लेता हूं।"

नमिता के वहां आते ही उन्होंने सरलता से सबसे कह दिया, "अच्छा, तुम लोग सैर करो। मुझे कुछ देर एकांत चाहिए। अब अगले वर्ष भेंट होगी। आओगे न।" और वे स्वयं ही हँस दिए।

"तुम मेरे साथ आओ बेटी।"

नमिता उनके साथ हो ली। कुछ दूर जाकर वे एक पत्थर पर बैठ गए और नमिता उनके सामने।

एक मंद मुस्कान के साथ वे बोले, "कहो। अब कहो अपने मन की दुविधा।"

नमिता हिचकते हुए, परंतु संयत स्वर में बोली, "इन पांच दिनों में ऐसा बहुत कुछ देखा है जो ऐसे स्थान पर नहीं होना चाहिए। कुछ ऐसे लोग भी, जिनका यहां न होना ही बेहतर होता। ऐसा क्यों गुरुदेव?"

"जो शंकाएं तुम्हारे मन में उठ रही हैं, मैं उन्हें भलीभांति समझ सकता हूं। मैं तुम्हारे स्थान पर होता तो शायद मैं भी ऐसे ही सोचता, लेकिन तुम्हीं कहो मैं क्या करूं। एक अकेला व्यक्ति चाहे भी तो पूरे समाज को नहीं बदल सकता। उसे दिशा नहीं दिखा सकता। मुझे भी आवश्यकता है साथियों की, जो मेरे काम में सहायता करें। मैं जानता हूं इनमें हरेक व्यक्ति ऐसा नहीं कि उस पर पूरा विश्वास किया जाए या किसी प्रकार का दायित्व उसे सौंपा जाए, परंतु काम करनेवालों की बहुत कमी है यहां।"

"कुछ लोग ऐसे भी दिखे हैं, जो...जिनका आचरण कुछ ठीक नहीं लगता।" नमिता बहुत संकोच से कह रही थी अपने मन की बात।

"मानता हूं यह बात सच है, लेकिन यह बात भी तो उतनी ही सच है कि इनके अपने भीतर ही कहीं छुपी अच्छाई इन्हें यहां ले आई है। मैं तो इन्हें जानता भी नहीं था। यह स्वयं आए हैं यहां, सही मार्ग ढूंढ़ते हुए और अपने व्यक्तिगत विकास के लिए। हो सकता है स्वेच्छा से आए इन लोगों में धीरे-धीरे समय के साथ सुखद परिवर्तन हो जाए। शायद ईश्वर ने इन्हें इसीलिए यहां भेजा है...शायद मेरी भी परीक्षा है यह।"

नमिता चुप बैठी केवल सुनती रही। गुरुजी सामने इशारा करते हुए कहने लगे, "गंगातट पर कहीं-कहीं टिमटिमाते वो दीप देख रही हो बेटी। वो अंधकार को पूर्णरूप से नहीं भी मिटा पाते तो भी उसे कुछ सीमा तक दूर कर देते हैं, रही मेरी बात तो मैं प्रतिपल एक परीक्षा से गुजरता हूं।"

इतना कहकर गुरुजी चुप हो गए। अचानक नमिता को लगा जैसे गुरुजी के सिर के पीछे दस-बारह जुगनू चमकने लगे हों, जिनकी सुनहरी आभा उनके चेहरे के इर्द-गिर्द दिखाई देने लगी थी। वह उनकी पीठ पीछे बहती गंगा के सुदूर छोर को देखने लगी। एक बार फिर उसे एक गहरा और प्राचीन संबंध अनुभव हुआ गंगा के साथ, धरती, आकाश के साथ और सामने बैठे गुरुजी के साथ। जाने कब से जानती थी वह इन्हें और जाने कब से यह पुण्यात्मा बार-बार धरती पर जन्म ले रही थी, ताकि इस लोक के वासियों को अपने सृष्टा तक पहुंचने का मार्ग दिखा सके। समय थम-सा गया और जैसे और थम गया संपूर्ण ब्रह्मांड...उस एक पल में अपने रहस्य उजागर करने को तत्पर। उसे आभास हुआ जैसे वह धरती के कगार पर खड़ी है। चारों ओर एक धुंध-सी छाई है, जिससे धरती-आकाश एकाकार हो रहे हैं और दूर-दूर तक कुछ नहीं, सिवाय एक असीम विस्तार के और एक विराट उपस्थिति के।

आग

अंतिम संस्कार हो चुका, चिता को अग्नि दी जा चुकी तो समीर अकेला वहां से चल पड़ा। चलकर गाड़ी तक पहुंचना, दरवाजा खोलकर भीतर बैठना और चाबी लगाकर गाड़ी स्टार्ट करना समीर को यह सब बहुत थका गया। ऐसे लगा जैसे वह एक ही दिन में हजारों मील पैदल यात्रा करके आया है और रास्ते में उड़ती ढेरों मिट्टी और रेत उसके दिल-दिमाग पर जम गई है और अब उसे यह धूल साफ करने में सदियां लग जाएंगी—परत दर परत दर परत।

जैसे-तैसे जुहू तक पहुंचा। जुहू बीच पर आकर गाड़ी अपने आप रुक गई। समीर उतरकर बोझिल पैरों से चलता हुआ समुद्र के किनारे जा खड़ा हुआ। शाम का अजब-सा समय था, जब न दिन का आश्वस्त करनेवाला उजाला होता है, न ही रात की रहस्यमयी स्याही। समुद्र की लहरें धीरे-धीरे तट की ओर बढ़ रही थीं, एक पर एक पर एक।

सदा की भांति बहुत से लोग वहां टहल रहे थे। समीर दूर तक चलता हुआ उस कोने तक चला गया, जहां वह प्रायः नीरजा के साथ समय बिताया करता था। यह स्थान अपेक्षाकृत सूना था। वह वहीं पर खड़ा होकर दूर क्षितिज में शाम के झुटपुटे में पानी और आकाश के अंतर को मिटते हुए देखने लगा।

नीरजा को शाम का यह समय समुद्र के किनारे बिताना बहुत अच्छा लगता था। चौथी मंजिल पर बने अपने फ्लैट में इस समय उसका दम घुटने लगता था। यहां आकर वह घंटों चुपचाप समुद्र की उठती-गिरती लहरों को देखा करती थी। कई बार कहा करती थी—"समीर, जानते हो समुद्र की लहरें जब बढ़ती हुई आगे को आती हैं तो मुझे लगता है समुद्र अपनी बाहें फैलाकर मुझे बुला रहा है। कई बार जी चाहता है, मैं उन बाहों में समा जाऊं।" और वह घुटनों तक पानी में खड़ी हो जाया करती थी।

कैसी विडंबना थी। जो नीरजा पानी से इतना प्यार करती थी, जिसने प्राण इसी समुद्र का आलिंगन करके दिए, उसकी देह को अंततः अग्नि ने पनाह दी। अब से केवल दो घंटे पहले उसकी चिता को अग्नि दे दी गई थी। अग्नि देते हुए नीरजा के पति का चेहरा समीर की आंखों के आगे घूम गया। चौबीस घंटे की बढ़ी हुई दाढ़ी, कसा हुआ जबड़ा, किसी ओर न देखती हुई बड़ी-बड़ी कठोर आंखें। इस चेहरे को पिछले चार वर्षों से समीर ज्यों का त्यों देख रहा था। इस बीच नीरजा के चेहरे पर उदासी की परछाइयां बढ़ती गई थीं। हर शाम पांच बजे उसका पति बिल्डिंग से बाहर जाता हुआ देखा जा सकता था। उसे वापस आते कभी किसी ने नहीं देखा। गेट पर खड़े गोरखा ने एक दिन समीर को बताया कि वह आदमी रातभर नहीं लौटता था। सुबह चार-पांच बजे के बीच वापस आया करता था। जब समीर ने कारण बताया तो गोरखा हँस दिया।

"कारण ऐसे शब लोगों का एक ही होता है शा'ब।"

उस दिन के बाद समीर की नीरजा में दिलचस्पी बढ़ गई थी, क्योंकि उसे यह पता चल चुका था कि वह आदमी नीरजा का पति था। नीरजा और उस आदमी के व्यक्तित्व में तालमेल बैठाना उसे वैसे ही कठिन लगता था, तिस पर यह सूचना कि वह रात-भर अपने फ्लैट में अकेली रहती थी और पति रातभर गायब! सुबह-शाम वह नीरजा को दफ्तर आते-जाते देखता था, परंतु कभी बात नहीं हुई।

एक सुबह वह दफ्तर जाने के लिए निकला था तो नीरजा लिफ्ट में मिल गई थी। उस दिन समीर को पता चला था कि वह एक प्राइवेट कंपनी में काम करती थी। उस दिन के बाद समीर समय का पूरा ध्यान रखता और ठीक ऐसे समय घर से निकलता जब नीरजा उसे लिफ्ट में मिल जाए। नीरजा एक संभले हुए ढंग से उसकी ओर बढ़ी थी और समीर के प्यासे-तपते मन पर एक ठंडक की तरह छा गई थी। धीरे-धीरे दोनों दफ्तर से बाहर मिलने लगे। शाम को दफ्तर से वापसी में वे जुहू बीच पर मिलते। नीरजा नारी की लहरों में घंटों खोई रहती और फिर समीर भी उसके साथ उसके फ्लैट पर चला जाता। जीवन में दोनों कहीं किसी मोड़ पर अकेले खड़े थे। अब मिलकर एक-दूसरे का अकेलापन बांटने लगे। एक वर्ष दोनों ने इसी प्रकार साथ-साथ काटा और आज सुबह समीर को यह समाचार मिला था कि नीरजा ने आत्महत्या कर ली। क्यों? किसी को पता नहीं।

देखनेवालों ने बताया कि वह समुद्र तट पर अकेली आई थी और धीरे-धीरे चलती हुई सागर में काफी आगे तक चली गई थी। आसपास कोई समझ ही नहीं पाया कि वह आत्महत्या कर रही थी। जब तक कोई समझ पाता, वह बहुत दूर निकल गई थी, और उसे बचाया नहीं जा सका। रातभर उसकी मृत देह अस्पताल में पड़ी रही। सुबह होते ही उसकी मृत्यु का समाचार बिल्डिंग में फैल गया।

समीर आगे की ओर बढ़ने लगा। लहरें उसके घुटनों से ऊपर आ-आकर टकराने लगीं। कैसा लगा होगा नीरजा को उस समय, कैसा हाहाकार हो रहा होगा उसके मन में कि वह समुद्र की लहरों के भयंकर शोर से भी नहीं घबराई। आखिर क्यों जान ली नीरजा ने अपनी? क्या कारण था उसके पीछे—उसके पति की उदासीनता, उसकी रखैल? नहीं। इस सबके साथ तो नीरजा वर्षों से जी रही थी। अब ऐसा नया क्या हुआ कि वह अपना संतुलन खो बैठी?

समीर बार-बार इस प्रश्न से बचने का प्रयास कर रहा था, और बार-बार यही प्रश्न उसको झिंझोड़ रहा था। वह स्वयं कहीं इस सबके केंद्र में था। वह जानता था हर बात का उत्तरदायी केवल नीरजा के पति को नहीं ठहराया जा सकता। गत एक वर्ष से वह आदमी नीरजा के लिए बहुत महत्त्वपूर्ण रहा भी नहीं था। समीर से जुड़कर नीरजा ने कहीं किसी स्तर पर अपने पति से हिसाब बराबर कर भी लिया था, हालांकि पहले तिरस्कार का विष कभी जाता नहीं मन से।

रह-रहकर समीर को लग रहा था हो न हो, दो दिन पहले बिल्डिंग में लगने वाली आग का गहरा संबंध था नीरजा की आत्महत्या से। उस समय जो स्थिति उत्पन्न हो गई थी, उसने अवश्य आघात किया होगा नीरजा के मन पर। बिल्डिंग में आग लगने के बाद वह मिल ही नहीं पाया नीरजा से। उस दिन के अपने व्यवहार, अपनी लापरवाही के लिए क्षमा तक नहीं मांग पाया। घर में सुमन और बच्चे इतने डर गए थे कि वह दो मिनट के लिए भी दफ्तर के अतिरिक्त और कहीं नहीं जा पाया। क्या सोचा होगा नीरजा ने उसके विषय में! अपनी सफाई तक देने का अवसर नहीं मिला उसे। वैसे वह सफाई दे भी क्या सकता था? उस दिन के दो घंटे तक नीरजा उसे जिन नजरों से देखती रही थी, उनके आगे कोई सफाई दी भी नहीं जा सकती थी। वह आज तक तय नहीं कर पाया था उन आंखों में धिक्कार अधिक था या उलाहना या व्यथा का कोई गहरा घाव था, जिसके लहू से रह-रहकर वह आंखें भीग उठती थीं।

घबराई हुई नीरजा जैसे ही लिफ्ट से उतरकर 'स्वीमिंग पूल' पर आई थी, समीर को अपनी गलती का एहसास एक झटके से हुआ था। इतनी देर से नीरजा को बचाने का ध्यान क्यों नहीं आया उसे? कैसे भूल गया उसे वह? नीरजा उस समय बिल्कुल बदहवास नजर आ रही थी, अपने हैंडबैग को कसकर दोनों हाथों से पकड़े। वह न तो बिल्डिंग की अन्य औरतों की तरह रो रही थी, न ही कोई कीमती सामान हाथों में पकड़े थी। बस भीड़ में खो गए बच्चे की तरह सहमी हुई थी। उसी एक क्षण में उसकी नजर सामने पत्नी और दोनों बच्चों के साथ खड़े समीर पर पड़ी। समीर ने उस घड़ी नीरजा की आंखों को देखकर पहली बार जाना था आत्मा का घायल होना क्या होता है।

जब आग काबू में आनी आरंभ हुई तो सब लोग झुंडों में 'स्वीमिंग पूल' के आसपास बैठ गए। बच्चे खेलने लगे। समीर की पत्नी भी दूसरी औरतों से बात करने लगी। रावत समीर के पास चला आया। रावत समीर का मित्र था और एसोसिएशन का सचिव भी। नीरजा को उसके फ्लैट से वही निकालकर लाया था। समीर के पास बैठकर वह कहने लगा, "इतने वर्ष हो गए इस बिल्डिंग में रहते हुए। लग रहा है यहां रहनेवालों की असली झलक आज ही पा सका हूं।"

समीर की आंखों में भरा प्रश्न पढ़कर वह पुनः बोला, "शायद समझ नहीं पा रहा हूं अपनी बात। प्रतिदिन के जीवन में हम लोगों ने किस प्रकार मुखौटे पहने होते हैं, आवरण ओढ़े होते हैं। आज सबको डरे-सहमे हुए देखा तो पहली

बार एहसास हुआ कि भीतर से सब कितने असुरक्षित, कितने कमजोर हैं। आज पहली बार ये सब मुझे अपने जैसे साधारण मनुष्य लगें।"

रावत अब भी शायद अपनी बात पूरी तरह कह नहीं पाया। समीर का वैसे ही अधिक बात करने का मन नहीं था। वह किसी प्रकार मन ही मन नीरजा तक पहुंचना चाहता था, परंतु नीरजा की टकटकी इसमें सहायता करने के स्थान पर दोनों के मध्य एक दीवार का काम कर रही थी। दीवार पल-पल ऊंची होती जा रही थी। समीर के माथे पर बेबसी का पसीना छलछला आया। रावत ने नीरजा की ओर उठी उसकी नजर को लक्ष्य किया।

"आज इसे देखकर मन बहुत उदास हो गया। वो तो गनीमत है कि इतनी भगदड़ और जिम्मेदारी थी मुझ पर कि अधिक सोचने का समय नहीं मिला। वरना तुम तो जानते हो एक बार किसी बात को लेकर सोचने लगता हूं, तो सोचता ही चला जाता हूं।"

"नीरजा नीचे कैसे आई? कोई गया था उसे बचाने?"

"मैं ही गया था। बस अचानक ही ध्यान आ गया उसका। मैं लिफ्ट में बार-बार ऊपर-नीचे आ-जा रहा था। ऊपर की मंजिलों में रहनेवाले परिवारों को एक-एक करके निकाल रहा था। नीरजा के फ्लैट के पास से कई बार गुजरा। पता नहीं क्यों बहुत देर तक सूझा ही नहीं कि उसे भी नीचे चलने को कहना है। शायद मन में कहीं यह विश्वास रहा हो कि उसे तुम ही ले जाओगे।"

समीर बेहद लज्जित हुआ।

"एक बार पंद्रहवीं मंजिल से नीचे उतर रहा था तो सोचा क्यों न देखता चलूं एक बार।" रावत जैसे मन ही मन उस घड़ी को पुनः जीता हुआ कुछ रुककर बोला, "जिस बिखरे हुए रूप में वह मुझे उस समय मिली, उसके लिए मैं तैयार नहीं था। अच्छा होता मेरी जगह तुम वहां पहुंचे होते।"

बात कहते-कहते रावत पिघलने लगा। समीर तय नहीं कर पाया रावत उसे क्या समझाना चाह रहा था। अपने ही विचार उसे बेहद उद्वेलित कर रहे थे। फिर भी वह नीरजा की मनोदशा के विषय में तो जानना ही चाहता था, "खुलकर कहो रावत। मैं अपनी मजबूरी बाद में समझाऊंगा।"

रावत शब्द-शब्द जोड़ने लगा, "मैंने घंटी बजाई। उसे आने में दो मिनट लग गए। यह सोचकर कि वह पहले ही चली गई होगी, मैं मुड़ने ही वाला था कि दरवाजा खुला। उस पहले क्षण में नीरजा की आंखों में प्रतीक्षा का अंत होने की

आशा का उजाला देखा मैंने। आवाज नहीं हुई, लेकिन लगा उसके होंठों ने जैसे नाम पुकारा किसी का। कैसे बयान करूं, एक लड़की की सी मधुरता दिखी उसके चेहरे पर। दिखी भी क्या, पलक झपकते ही खो गया उसका वह रूप...जैसे मेरे अपने ही मन का भ्रम रहा हो। पहले चकित और फिर अस्थिर-सी हो गई वह। जैसे ही मैंने उसे सातवीं मंजिल पर शेखावत साहब के फ्लैट में लगी आग के बारे में बताया, वह घबरा गई। उसका चेहरा पीला पड़ गया। आंखें डर के मारे फैल गईं। कुछ पूछ भी नहीं पाई वह। बौखलाई हुई-सी वह बेडरूम में चली गई और दो ही मिनट में वापस आ गई। मैंने कहा कि यदि वह कोई कीमती सामान या जरूरी कागजात हाथ में लेना चाहे तो ले सकती है। हैंडबैग को कसकर पकड़े लगभग सीने से लगाए उसने हड़बड़ाई आंखों से मेरी ओर देखा और बोली, "मुझे कुछ नहीं पता क्या करना है। मैं बिल्कुल अकेली हूं...यूं ही ठीक है। मुझे कुछ नहीं बचाना।"

लिफ्ट से नीचे तक आने के लिए एक मिनट से अधिक नहीं लगा। इसी दौरान उसने कितनी बार पल्लू से आंखें पोंछीं और मेरे देखते ही देखते जैसे कई इंच सिकुड़कर अपने में ही सिमट गई। वह आग का नहीं, कुछ और डर था, कुछ और ही एहसास, जिसने उसके दिल को दबोच लिया था। शायद इतनी बड़ी दुनिया में एकदम अकेले होने का एहसास! अकेलेपन का जंगल बहुत भयानक होता है। मैं जानता हूं, समीर। मैं खुद भी गुजरा हूं उससे।"

रावत इतना कहते-कहते थककर टूटने लगा। फिर उसी थके स्वर में समीर से पूछा, 'तुम क्यों नहीं गए उसे बचाने समीर?"

इसी एक प्रश्न से समीर बचना चाह रहा था। "क्या कहूं दोस्त। कुछ भी कह पाने लायक नहीं है मेरे पास।"

समीर एक बार फिर स्वयं पर लज्जित हुआ। "मैं खुद नहीं जानता क्योंकर एक बार भी उसका ध्यान नहीं आया मुझे, मगर आता भी तो क्या होता? सुमन और बच्चों को पहले बचाना जरूरी था। सुमन के आने के बाद उसके सामने कैसे मैं नीरजा को..."

रावत धीरे-धीरे सिर हिलाते हुए बोला, "तुमने अच्छा नहीं किया, समीर। इस आघात पर वह उबर नहीं पाएगी जीवन-भर। एक दाग-सा रह जाएगा उसके दिल पर।"

इसके बाद वाली चुप को रावत भी नहीं तोड़ पाया। दो घंटे फायर-ब्रिगेड के कर्मचारी जुटे रहे। आग धीरे-धीरे शांत हो गई। लोगों के चेहरों के प्राकृतिक रंग भाव लौट आए। सब लोग अपने घरों को लौटने लगे। लिफ्ट में जानेवाली भीड़ में नीरजा को भी देखा समीर ने। नींद में चल रहा हो जैसे कोई। समीर भी सुमन और बच्चों को लेकर अपने घर चला गया। थके हुए बच्चे और पत्नी तो जल्दी ही सो गए, परंतु समीर का बंद फ्लैट में दम घुटने लगा। आग की सारी तपिश जैसे उसके अपने ही फ्लैट में समा गई थी। उठकर खिड़की के पास जा खड़ा हुआ। उसके भीतर कहीं से फिर भी धुआं उठता रहा। परेशान होकर वह नीचे स्वीमिंग पूल के पास आकर बैठ गया। सुबह चार बजे तक वहीं बैंच पर बैठा रहा। रह-रहकर नीरजा के फ्लैट की ओर देखा, शायद कहीं कोई बत्ती जल रही हो, समीर की राह देखती हुई। कहीं, किसी खुली खिड़की से झलक मिल जाए नीरजा की कि वह सहज है, नॉर्मल है, कि कहीं कुछ भी नहीं बदला। हर बार केवल रात की निस्तब्धता और खुली खिड़की के पीछे से झांकता, डस लेने वाला अंधेरा टकराता समीर की आंखों से। वह बार-बार आहत हुआ और बोझिल पैरों से घर लौट आया।

बहुत-सी रेत उसके जूतों में भर गई। यही रेत उसके जीवन में उड़ती रही थी नीरजा के आने से पहले तक। यही आज के बाद उड़ेगी उसके भीतर।

रास्ते में दो बार कार दुर्घटना से बचकर समीर घर पहुंचा और चुपचाप अपने कमरे में जाकर लेट गया। पता नहीं कितनी देर सोया या जागता रहा कि रावत आ गया। नीरजा के अंतिम संस्कार पर रावत भी उपस्थित था, लेकिन समीर का उस समय मन नहीं था किसी से बात करने का। जाने क्यों रावत स्वयं बच रहा था उससे। इस समय भी वह ठहरा नहीं। एक बंद सफेद लिफाफा थमा दिया समीर के हाथ में, ''यह नीरजा छोड़ गई थी तुम्हारे लिए। एक और लिफाफे में बंद करके, मेरे नाम से मेरे मेल बॉक्स में छोड़ गई थी।

समीर ने मरे हुए हाथों से लिफाफा ले लिया! अंतिम घड़ियों में नीरजा की मनोदशा जानने की सारी इच्छा निचुड़ गई मन से। अपने आपको विवश किया लिफाफा खोलने को। अंदर से एक छोटा-सा पत्र निकला, ''पूरा एक वर्ष हो गया है तुमसे मिलते हुए। तुम्हारे-मेरे बीच क्या संबंध रहा है वर्षभर, यह आज समझ पा रही हूं। जानते हो क्या था वह, जो आज तक मेरे-तुम्हारे बीच रहा, केवल एक

सिफर, एक शून्य, जो इस समय महाकाल की तरह मुंह फाड़े मुझे निगल लेना चाहता है। ऐसा अवसर यदि आए तो शायद मेरा पति तुमसे बेहतर साबित हो। वह कम से कम मेरी या दुनियादारी के दिखावे की चिंता नहीं करता अपनी रखैल तक पहुंचने के लिए।''

दो-चार शब्द इसके आगे भी लिखने का प्रयास किया गया था, परंतु पानी की बूंदों ने उन्हें मिटा दिया था।

समीर पत्र हाथ में पकड़े ही हताश हो लेट गया। खिड़की से आती हवा में कागज के उस बेजान टुकड़े की फड़फड़ाहट उसके मन-मस्तिष्क पर हथौड़े की तरह बजती रही और कहती रही कि नीरजा की जान समुंदर ने नहीं, उसने ली है। जान-बूझकर सच को नकारकर और झूठ को निबाहकर आदमी केवल गलती नहीं करता, पाप करता है, और यह पाप समीर ने किया है। शेष जीवन वह केवल इस पाप से मुक्ति पाने के लिए छटपटाता रहेगा और उसे मुक्त करने के लिए कोई नीरजा कहीं से नहीं आएगी।

दीवार पर लटका चेहरा

यह इमारत जहां मैं रहता हूं, बहुत पुरानी है। अंग्रेजों के समय की। इस इमारत में ऊंची छतोंवाले बड़े-बड़े कमरे और हॉल हैं, जिनमें 'क्रिस्टल' के कीमती फानूस लटके हैं। लंबे अंतहीन गलियारे हैं, जिनके दोनों ओर की दीवारों पर लकड़ी के कीमती चौखटों में जड़े चित्र हैं। प्रत्येक चित्र के ठीक ऊपर सौ-सौ वॉट के बल्ब लगे हैं, जिनका प्रकाश उन चित्रों से झांकते चेहरों पर पड़ता है। मैं भी ऐसा ही एक चेहरा हूं, लकड़ी के कीमती फ्रेम में जड़ा और एक दीवार पर पांच फीट ऊपर लटका हुआ, परंतु मुझमें और लकड़ी के चौखटों में जड़े अन्य चेहरों में एक अंतर है। वे जड़ हैं। उनकी आंखें जड़ हैं, जबकि मेरी आंखें चारों ओर घूमती हैं और यहां होनेवाली प्रत्येक घटना को देख पाती हैं। मुझे महाभारत के संजय की दृष्टि प्राप्त हो जाती है।

इसलिए मुझे केवल उन्हीं बातों का ज्ञान नहीं होता जो लॉबी या लंबे, अंधियारे गलियारों में घटती हैं, बल्कि उनका भी, जो यहां के भव्य पुस्तकालय, कॉनफ्रेंस हॉल, भोजनालय या आसपास बने तीनों होस्टलों में होती हैं। कई कहानियां यहां जन्म लेती हैं, जिनमें से अधिकांश अधूरी रह जाती हैं और अपने पीछे छोड़ जाती हैं ठंडी आहें और कड़वी यादें।

यहां वर्ष में बुद्धिजीवियों के न जाने कितने सम्मेलन होते हैं—अधिकतर एक सप्ताह की अवधि के। एक-एक माह के कई रिफ्रेशर कोर्स यहां होते हैं। इन सबके चलते वातावरण कभी बहुत गंभीर बना रहता है और कभी बहुत रंगीन भी। कुछ लोग ऐसे आते हैं जिन्हें पढ़ने-लिखने के अतिरिक्त अन्य किसी चीज में रुचि नहीं और कुछ ऐसे जिन्हें पढ़ने-लिखने के अतिरिक्त अन्य प्रत्येक चीज में। यह दूसरी तरह के लोग वह हैं, जो इस सुंदर स्थल में छुट्टी मनाने आते हैं। आप जानते हैं न 'पेड हॉलीडे'।

मिनी और डॉ. सुरेश की प्रेम कहानी भी यहीं, इस सुंदर धरती पर जन्मी, पनपी, जवान हुई और फिर एक दिन अचानक सांसारिकता का शिकार हो गई। दो-एक अन्य छोटी-छोटी कहानियां भी उसके समानांतर चलीं और अपनी परिणति को पहुंचीं। कुछ ही सप्ताह पहले की तो बात हैं। महीने-भर का रिफ्रेशर कोर्स यहां होनेवाला था। जैसा कि सदा होता है दो दिन पहले से ही लोग आने लगे। एक शनिवार की सुबह सुरेश यहां पहुंचा और कुछ घंटे बाद मिनी। दोनों की पहली भेंट दोपहर के भोजन पर हुई।

मिनी नीली जींस, गहरा नीला स्वैटर और सिर पर लाल रंग की ऊनी टोपी पहने डाइनिंग हॉल में पहुंची। यूं तो मिनी चालीस को छू रही थी, परंतु सिर पर लाल टोपी पहनकर वह स्वयं को साठ के दशक में बनी फिल्म 'मेरे सनम' की सोलह-सत्रह वर्षीया आशा पारिख सी अनुभव कर रही थी। हॉल में पांव रखते ही उसने एक लंबे-चौड़े पुरुष को पांच-सात लोगों के साथ खड़े बातें करते देखा। न सही आकर्षक, वह आसपास खड़े अन्य आदमियों में सबसे अच्छा लग रहा था। यूं हमारी मिनी भी कोई अप्सरा नहीं थी, परंतु मेनका की अदाएं उसमें अवश्य थीं और अपने इस गुण को वह भलीभांति जानती भी थी। इधर देखा, न उधर। वह सीधी उसी झुंड की ओर बढ़ चली। चेहरे पर एक मुस्कराहट स्वयं ही आ गई थी, जिसके साथ मधुरता का एक झीना आवरण मिनी ने स्वयं डाल लिया। उन लोगों के पास पहुंचते ही उसने लक्ष्य किया कि सुरेश की आंखें वहीं खड़ी एक

बेहद आकर्षक युवती पर अटकी थीं।

एक युवा कवि महोदय भी वहां उपस्थित थे और चंचल आंखों से बारी-बारी सबको देखते हुए पास ही खड़े महान साहित्यकार डॉ. के.सी. सक्सेना को संबोधित करके कह रहे थे–

''डॉ. साहब, अभी घंटाभर पहले ही एक कविता लिखी है।''

''अच्छा! किस विषय पर?''

कवि महोदय का एक मित्र बरबस बोल उठा, ''बिल्ली पर सर। कविता का विषय बिल्ली है।''

''बिल्ली!'' महान साहित्यकार चकित हुए।

''जी, सर!'' युवा कवि कुछ-कुछ इठलाया, ''हुआ यूं कि कल मैं और शर्माजी शहर की ओर आ रहे थे कि एक बिल्ली लगभग गुर्राती हुई मेरे हाथ में पकड़े अंडों के डिब्बे पर झपटी। पहले तो मैं डरा। फिर सोचने लगा बिल्ली क्यों गुर्राती है, क्यों झपटती है। समझ में यह आया कि वह भूखी होती है, तभी ऐसा करती है। इंसान हो या जानवर, भूख ही उसे इस प्रकार बेचैन करती है। हर प्रकार की चोरी और हिंसा के पीछे भूख ही है, सर।''

तब तक महान साहित्यकार संभल चुके थे। अब तक युवा कवि के मुख का अध्ययन करके वे समझ चुके थे कि उसमें एक अच्छा चमचा बनने के सब लक्षण थे। ऐसे लोग बहुत काम आते हैं अपना दायरा बढ़ाने में। बस उनको अपने साथ रखना होता है और उनको अपने समाज में कुछ ऊंचा उठाने के लिए लोगों के सामने हल्के शब्दों में उनकी प्रशंसा करनी होती है।

''सही कह रहे हो। कविता सुनाओ।''

युवा कवि महोदय लीन होकर कविता सुनाने लगे और हमारी बिल्ली...क्षमा कीजिए, हमारी मिनी झुंड में कुछ इस प्रकार जगह बनाकर खड़ी हो गई कि सुरेश ठीक उसके सामने था और चाहे या न चाहे, उसकी ओर देखने से बच नहीं सकता था। खैर, भोजन समाप्त होते ही सब लोग नुक्कड़वाली चाय की दुकान पर जाने लगे तो डॉ. सुरेश उस आकर्षक युवती गीतांजलि के साथ-साथ चलने लगा। गीतांजलि कंप्यूटर-कक्ष देखना चाहती थी और सुरेश ने भी अपनी ई-मेल देखने के बहाने उधर का ही रुख कर लिया था। कुछ लोगों ने आंखों ही आंखों में इशारे किए और हौले से मुस्करा दिए। मिनी ने नेत्रों से कई अग्नि-बाण गीतांजलि की पीठ पर बरसाए और मन ही मन कसमसाती हुई शेष लोगों के साथ चल दी।

चाय का दौर अभी आरंभ भी न होने पाया था कि गीतांजलि वहीं आ पहुंची। उसके कपोलों पर झल्लाहट की हल्की लाली थी। उपेन ने डॉ. मुखर्जी के कान में कुछ इस प्रकार कहा कि आसपास खड़े सब लोगों ने सुना, "लगता है यहां तो दाल नहीं लगी छैला बाबू की।" उसने कनखियों से मिनी की ओर भी देख लिया।

मिनी ने गीतांजलि को देखते ही राहत की सांस ली। उपेन की टिप्पणी ने भी सहायता की। सुरेश सुरक्षित था। जल्दी-जल्दी चाय समाप्त करके मिनी वहां से भागी और सीधे कंप्यूटर-रूम में जाकर दम लिया। उसके हर्ष का ठिकाना नहीं रहा, जब उसने लक्ष्य किया कि वहां सुरेश के अलावा और कोई नहीं था। बस वह इंटरनेट पर कुछ ढूंढ़ने के बहाने पल-पल उसकी सहायता मांगने लगी। दोनों को एक दूसरे के साथ सटकर इंटरनेट के रहस्य समझने-समझाने में समय नहीं लगा और शाम होते-होते दोनों की सच्चे प्रेम की तलाश पूरी हो गई। रात के भोजन पर सबने देखा वे एक-दूसरे को देखकर बरबस मुस्करा रहे थे। भोजन समाप्त करने की जल्दी भी थी उन्हें। भोजन समाप्त होते ही उन्होंने और किसी की प्रतीक्षा नहीं की और खुली हवा में लॉन में टहलने के लिए बाहर निकल गए। यह दूसरी बात है कि जब सब लोग बाहर लॉन में आए तो उन लोगों का कहीं पता नहीं था। दिल में जवानी हो, खून में रवानी हो तो इश्क की पींगे बढ़ते कितना समय लगता है साहब! ईश्वर की मर्जी भी इसी में थी शायद। तभी तो मिनी और सुरेश के होस्टल पास-पास थे। उनकी प्रेम-कहानी केवल उनके दो होस्टलों तक ही सीमित नहीं रही। बात पहाड़ी की ढलान पर बने तीसरे होस्टल तक भी फैलते देर नहीं लगी कि दोनों देर रात तक गायब रहते हैं। सुरेश अपनी पुरानी फिएट कार वहां लाया हुआ था। कार रात को दो बार अंधेरे और सन्नाटे को चीरते हुए वहां से निकलती। होस्टल हँसी से गूंजने लगते।

आठ-दिस दिन बीतते-बीतते अधिकांश लोग एक-दूसरे के स्वभाव को समझ गए। किसी को भी संदेह नहीं रहा कि डॉ. रॉय, डॉ. चैटर्जी, गीतांजलि, अजय और डॉ. वसुंधरा अपने काम को लेकर बहुत गंभीर थे। रात के आठ बजे तक वे लोग पुस्तकालय में काम करते पाए जाते। पांचों हर समय साथ ही रहते। किसी और के साथ अधिक बात करने का समय ही नहीं था उनके पास। शेष लोग कटकर रह जाते उनके इस व्यवहार से। दूसरी ओर युवा कवि शैलेंद्र, डॉ. सक्सेना, डॉ. भारती तथा केतकी किसी गहरी राजनीति और गुटबाजी में डूबे

दिखाई देते थे। उनकी अनुभवी आंखें हर समय अन्य लोगों के चेहरों को टटोलती प्रतीत होतीं। एक अक्षय बेचारा था, जो अकेला घूमता नजर आता। वह एक सहारे की तलाश में था—एक ऐसा सहारा जो उसे किसी विदेशी विश्वविद्यालय से स्कॉलरशिप प्राप्त करने में सहायता कर सके। उसके कितने सहयोगी विदेश आते-जाते रहते थे। उनके बीच वह स्वयं को बहुत पिछड़ा हुआ अनुभव करता था। इस संस्थान में चयन हुआ था तो उसने स्वयं को एकाध इंच ऊपर उठते अनुभव किया था। अब वह इससे भी ऊपर उठना चाहता था।

सबका समय अपने-अपने ढंग से अच्छा ही कट रहा था। उन लोगों का रिफ्रेशर कोर्स समाप्त होने में आठ दिन ही रह गए तो वहां एक अखिल भारतीय संगोष्ठी का आयोजन हुआ। देशभर के विश्वविद्यालयों से जाने-माने प्रोफेसर वहां आए अपने शोध-पत्र पढ़ने या परिचर्चा में भाग लेने। कुछ प्रसिद्ध लेखक तथा कुछ पत्रकार भी आमंत्रित थे। उस गहमा-गहमी ने वातावरण को और भी जीवंत बना दिया। ऐसे में डॉ. भादुड़ी की मोटे रेशम की रंग-बिरंगी साड़ियों ने वसंत के सारे रंग वहां बिखेर दिए। देखनेवाले भी उन रंगों में डूबने लगते और वह तितली-सी इठलाती हुई बाहर से आए अतिथियों को भरमाती-उलझाती रहती। मिनी को भी नए शिकार नजर आने लगे। एक दिन रात के अंधेरे में लोगों ने पहली बार झगड़ते हुए सुना उसको और सुरेश को।

"मिनी, यह ठीक नहीं। तुम कुछ ज्यादा ही ध्यान दे रही हो मुंबई से आए उस लंबे बालोंवाले को।"

"क्या मतलब?" मैं केवल शालीनता से बात करती हूं उससे।"

"और वो...वो जो अलीगढ़ से आया है?"

"कट इट आउट सुरेश। मुझे लोगों से मिलना, उनसे बात करना अच्छा लगता है। मैं इक्कीसवीं सदी की औरत हूं। तुम्हारी मां या नानी के समय की नहीं।"

"तुम सीधे-सीधे फ्लर्ट करती हो उन दोनों के साथ। सब देखकर हँसते हैं।" मुझ पर...चाहते हुए भी वह जोड़ नहीं पाया।

"सब लोग जलते हैं हमसे। हमारा साथ तोड़ना चाहते हैं।" और मिनी ने समीप आकर उसके गले में बांहें डाल दीं। सुरेश भीतर से तो शांत नहीं हुआ, लेकिन वह किसी भी बात को अधिक खींचना नहीं चाहता था। मिनी नाराज हो गई तो यहां बचे शेष दिन दूभर हो जाएंगे। वह लाख अपने को 'हेंडसम' समझे,

लेकिन नई प्रेमिका ढूंढ़ना इतना भी आसान नहीं। आखिर एक चौबीस वर्षीया युवती के पिता के जीवन में नया रोमांस हर दिन तो आ नहीं सकता न। हर कोई लक्ष्य करता कि पूरा दिन मिनी इस, उससे फ्लर्ट करती और डॉ. सुरेश अकेला एक कोने में बैठा वह सब देखा करता, परंतु शाम का धुंधलका छाते ही दोनों फिर साथ होते और सुरेश की फिएट रात के सन्नाटे और अंधेरे को चीरती हुई दो बार वहां से गुजरती।

इसी बीच अक्षय काफी खुश दिखाई देने लगा। दिल्ली से आए डॉ. भास्कर उस पर विशेष कृपादृष्टि रखने लगे थे। एक दिन लोगों ने सुना वे उसे कह रहे थे–

"तुम चिंता मत करो। मेरी काफी जान-पहचान है देश के बाहर। कहीं न कहीं तो तुम्हारा काम हो ही जाएगा, लेकिन इसके लिए तुम्हें..."

जाने क्या शर्त रख दी प्रोफेसर साहब ने। शाम को चाय के समय शर्माजी ने पूछा तो अक्षय बात को टाल गया, लेकिन पूरी शाम उसका चेहरा उतरा रहा।

अखिल भारतीय संगोष्ठी समाप्त होने के एक-दिन पहले शाम की चाय के समय सब लोग विशेष रूप से चहचहा रहे थे। एक-दूसरे को अपने पते और टेलीफोन नंबर दे रहे थे। सबसे सक्रिय थी हमारी मिनी। क्या मालूम यहां आए मेहमानों में कौन-कौन उसकी मिलनसारिता के शिकार हो जाएं और उसे अपने विश्वविद्यालय में आगामी किसी सेमिनार का निमंत्रण दे दें। जैसे-जैसे शाम गहराती गई डॉ. सुरेश के चेहरे पर सख्ती की परत छाती गई। किसी को भी कारण समझते देर नहीं लगी। मिनी कहीं दिखाई नहीं दे रही थी। कहां, किसके साथ होगी, यह भी किसी को समझने में कठिनाई नहीं हुई। उपेन ने सबसे पूछना आरंभ कर दिया, "किसी ने उस लंबे बालोंवाले को देखा है क्या।"

सुरेश ने बात की गहराई को मापने का प्रयत्न करते हुए पूछा, "क्यों तुम्हें क्या काम है उससे?"

"है, यार। उसने मुझे धरती की गति कम होने पर एक शोधलेख पढ़ने के लिए देने का वादा किया था। कहता था शाम को चाय के समय देगा। अब कहीं नजर ही नहीं आ रहा।"

एक कील-सी गड़ गई सुरेश के मन में। अगला दिन शुक्रवार था। अखिल भारतीय संगोष्ठी का अंतिम दिन। तीन दिन बाद इन लोगों का रिफ्रेशर कोर्स भी समाप्त होनेवाला था। शुक्रवार सुबह नाश्ते के बाद सुरेश किसी को दिखाई नहीं दिया। रात घिरते-घिरते मिनी बेचैन होने लगी। यह अंतिम तीन-चार दिन ही तो

महत्त्वपूर्ण थे। सुरेश ने एक दिन भीगे क्षणों में कहा भी था उससे, ''कोर्स समाप्त होने पर घर लौटने की जल्दी नहीं करेंगे, बल्कि अगले सप्ताहांत तक पास वाले हिल-स्टेशन में किसी अच्छे होटल में ठहरकर जीवन को और मधुर बनाएंगे एक-दूसरे को हमेशा के लिए बाय-बाय कहने से पहले।''

''हमेशा के लिए क्यों? हम इसके बाद भी मिलते रहेंगे। जहां भी कहीं सेमिनार या कॉन्फ्रेंस वगैरह में जाना होगा, आपस में सलाह करके एक साथ जाएंगे।''

सुरेश की आंखें चमकने लगी थीं उसकी बात सुनकर, लेकिन अब वह चमकती आंखोंवाला दिखाई क्यों नहीं दे रहा था कहीं। देर रात तक वह उसकी राह देखती रही। हो न हो, वह कल रात उसके किसी और के साथ चले जाने पर नाराज था।

'चिंता मत करो।' उसके जिद्दी मन ने ढाढ़स बंधाया। अवश्य वह यहीं-कहीं छुपकर उसे सजा दे रहा था। 'कोई बात नहीं।' मिनी मन-ही-मन मुस्काई, 'कल सुबह मना लूंगी। ऐसे प्रेम-दीवाने को बातों से बहलाना कठिन तो नहीं।' सुबह हो गई। मिनी एक खिली मुस्कान चेहरे पर बिखेरे होस्टल के बाहर बने लॉन में गई, जहां वे दोनों सुबह की चाय एक साथ पिया करते थे। लॉन खाली पड़ा था। प्रेम-दीवाना नाश्ते पर भी नहीं आया। दोपहर के भोजन के समय वह अन्य लोगों के साथ मेस में पहुंची। एक मेज पर बैठी ही थी कि पास वाले मेज पर उपेन अपने साथियों से कह रहा था, ''सुरेश लौट आया है। बिना किसी को कहे अपने घर चला गया था वीकएंड पर।''

मिनी ने मन ही मन कोसा, 'बात अपने साथियों से कर रहा है। देख इधर रहा है, कमबख्त!'

जिद्दी मन ने फिर सहारा दिया, 'देखने दो। डर नहीं है किसी का।'

सोचा यदि वह सच में लौट आया है तो अवश्य अभी खाने पर आएगा ही। सोचते ही उसका दिल धड़कने लगा। वह मन ही मन स्वयं को इस भेंट के लिए तैयार करने लगी। उस शाम अपने गायब होने के बहाने तलाशने लगी। अच्छा होगा यदि वह उसे बात करने का अधिक मौका ही न दे। दस मिनट भी नहीं बीते होंगे कि मिनी का अनुमान सच निकला। सुरेश ने डाइनिंग हॉल में पांव रखा। मिनी ने हिलाने के लिए हाथ ऊपर उठाया ही था कि सुरेश ने पीछे मुड़कर देखा और दरवाजे के एक ओर खड़ा हो गया, जैसे किसी को रास्ता दे रहा हो।

दरवाजे में एक चालीस-पैंतालीस वर्ष की औरत दिखाई दी। बेहद सुंदर। कनपटियों पर बालों में कहीं-कहीं चांदी के तार उसके उजले मुख को एक नई चमक दे रहे थे। उसका रख-रखाव, करीने से किया गया बनाव-शृंगार, उसके व्यक्तित्व को एक असाधारण शालीनता प्रदान कर रहा था। मिनी देखती रह गई। उसको अपनी जींस, अपनी लाल लिपिस्टिक, लाल टोपी और कानों में झूलती बड़ी-बड़ी बालियां बहुत हल्की और सस्ती लगने लगीं और अपना रंग-रूप राख-सा। एक खटका-सा हुआ मन में। कौन थी यह औरत! वह अपने को संभाल भी नहीं पाई कि सुरेश नपे-तुले कदमों से उसकी मेज तक चला आया उस औरत को साथ लिए।

"इनसे मिलो गायत्री। यह मिनी सभरवाल हैं। यह भी रिफ्रेशर कोर्स के लिए यहां आई हैं। मिनीजी दिस इज माई वाइफ गायत्री। सोचा इस रोमांटिक स्थल पर आखिरी वीकएंड इनके साथ ही बिताया जाए।" सुरेश के चेहरे पर हल्की मुस्कान थी और आंखों में उसे तलवार से काट देनेवाला भाव।

गायत्री ने उसकी ओर हाथ बढ़ाकर 'हैलो' कहा। मिनी ठगी-सी रह गई। इस स्थिति के लिए तो तैयार नहीं थी वह। सुरेश खाना खाते समय गायत्री का विशेष ध्यान रखता रहा। मिनी जैसे-तैसे अपनी कुरसी पर बैठी रही। गले में हजार-हजार कांटे उग आए थे। खाना नीचे उतर ही नहीं रहा था। सुरेश ने अपना प्रतिशोध ले लिया था। वह नहीं जानती थी हर समय उसकी खुशामद करनेवाला सुरेश इतना कातिल भी हो सकता है।

बुधवार आया तो सुरेश सबसे पहले वापस जानेवालों में था और मिनी बाहर लॉन में शेष सब लोगों के साथ खड़ी हाथ हिलाती हुई उसे और उसकी पत्नी को विदा कह रही थी। मन के परदे पर एक रील चल रही थी, जिसमें वह देख रही थी पास वाले हिल-स्टेशन के एक बढ़िया होटल के एक सुंदर 'हनीमून स्वीट' को, जहां एक प्रेमी-युगल एक दूसरे की बांहों में मदहोश था। बिना उनके चेहरे देखे ही पहचान रही थी उन्हें वह। दिल और शरीर में पीड़ा की एक लहर-सी दौड़ गई। उनमें से एक चेहरा उसका अपना हो सकता था यदि...सुरेश की फियट के गेट की ओर बढते ही मिनी फूटती हुई रुलाई को रोककर अपने कमरे की ओर भाग गई और यूं दुःखांत हुआ इस छोटी-सी प्रेम कहानी का।

परंतु इसका यह अर्थ बिल्कुल नहीं कि उसके समांतर चलती छोटी कहानियों के भी ऐसे ही असंतोषजक अंत हुए। युवा कवि शैलेंद्र को सदा के लिए

एक 'गॉडफादर' मिल गया। महान साहित्यकार के.सी. सक्सेना धन्य हों। वहां से जाने से पहले ही दो कवि गोष्ठियों में कविता-पाठ तथा एक सेमिनार में शोधपत्र पढ़ने के लिए निमंत्रण उसे मिल गए। महान साहित्यकार स्वयं वहां मुख्य अतिथि बनकर जा रहे थे। अक्षय ने शायद काफी सोच-विचार के बाद डॉ. भास्कर की शर्त मान ली और उनसे बहुत प्रेम से गले मिलकर विदा ली। रात आठ बजे तक पुस्तकालय में काम करनेवाले पांचों स्कॉलर नई पुस्तकों की पांडुलिपियों के रेखाचित्र तैयार करने में सफल हो गए थे। डॉ. भादुड़ी ने अंततः रंग-बिरंगी साड़ियों के रेशमी धागों में विदेश से आए जेम्स विली को उलझा ही लिया। सुना है आजकल दोनों मिलकर विश्व-इतिहास के किसी भूले-बिसरे पन्ने पर शोध कर रहे हैं और यह नया शोधकार्य उन्हें बहुत रास भी आ रहा है।

कुछ थक-सा रहा हूं मैं कहानी कहते-कहते। अगले सप्ताह यहां फिर एक रिफ्रेशर कोर्स आरंभ होनेवाला है। एक बार फिर कई नई कहानियां यहां जन्म लेंगी और मेरी आंखें गोल-गोल घूमतीं, उन कहानियों को बटोरने लगेंगी। इतिहास इसी को कहते हैं न।

तुम और मैं

बादलों से घिरी एक और सुबह। सर्दी के मौसम में कई दिन धूप न निकले तो कैसी उदासी छा जाती है। हर ओर केवल धुंध का उदास रंग। किसी भी चीज में मन नहीं लगता। जी चाहता है कोई अपना, बहुत अपना पास हो तो उससे बातें करते रहो। बातें न भी करो तो उसके साथ बैठकर कॉफी पीते रहो। हठात् बुकशैल्फ को पोंछते, ईशा के हाथ रुक गए। यह वह क्या सोच रही थी! वह तो कभी ऐसी नहीं थी। अचानक उसकी नजर शेफाली के चेहरे पर पड़ी, जो वहीं रखे उन दोनों के एक साथ लिए गए चित्र में से झांक रहा था। हां, इस समय शेफाली की तरह ही तो सोच रही थी वह। यह कैसे हो गया? वे दोनों तो जीवनभर एक दूसरे से भिन्न रहीं। ठीक वैसे ही जैसे नदी के दो किनारे एक ही नदी के होकर भी एक नहीं होते। शेफाली, उसकी सात वर्ष छोटी बहन। जो आज कहां थी, कोई नहीं जानता।

जो देखने में कभी उससे बड़ी लगा करती थी, और कभी बिल्कुल बच्ची। कभी बिल्कुल निरीह, अबोध लगती थी और कभी एकदम सयानी, गंभीर, जिसके दिल को उसने कई बार टटोलना चाहा, परंतु सफल नहीं हो पाई, जिसे कई वर्षों से वह मिल नहीं पाई। शेफाली ने ही नहीं चाहा कि वे मिलें। हर वर्ष कोई न कोई बहाना बनाकर ईशा को टाल देती। न स्वयं उसके पास आती, न ही उसे अपने पास आने देती। ईशा भी कभी जोर नहीं दे पाई, क्योंकि भीतर कहीं गहरे में वह जानती थी यह अधिकार उसने खो दिया था।

अचानक उसका हाथ कांपा और कपड़े से पोंछते-पोंछते हाथ में पकड़ी एलार्म-घड़ी नीचे गिर गई। हाथ कितने ठंडे हो गए थे, लेकिन घड़ी गिरने का यह कारण तो नहीं था। खिन्न मन से घड़ी उठाकर वापस शैल्फ पर रख दी और झाड़-पोंछ बंद कर दी। अकेले रहना भी कितनी बड़ी मजबूरी है। चाहो न चाहो हर काम अपने हाथ से ही क़रना पड़ता है। इस ठंड में एक कप चाय पीने का भी मन हो तो उठो और खुद बनाओ, लेकिन उसकी इन मजबूरियों को कभी कोई नहीं समझा, शेफाली तो कदापि नहीं। उसने फिर चित्र की ओर देखा।

"मैं जानती हूं, तुम मुझसे नाराज हो। बहुत नाराज। सदा रहीं। जब तक हमारे इस संसार में थीं, तब तक भी और अब जहां भी हो, वहां से भी। यह बात मैं तब भी जानती थी, आज भी जानती हूं। कारण भी मैं जानती हूं, परंतु उस कारण को समझ नहीं पाती। तुम पर खीझ आती है, गुस्सा भी। तुम्हारा बचपना नहीं तो इसे और क्या कहूं। आखिर खून का संबंध था हमारा। खून के बंधन टूटते हैं कभी? तुम ही उसे काट फेंकने के प्रयास में रहीं, लेकिन क्या पूरी तरह सफल हो पाईं? मैंने तो कभी नहीं काटा स्वयं को तुमसे। शायद भीतर कहीं तुम भी मुझसे जुड़ी रहीं। नहीं तो इस प्रकार छटपटाती क्यों रहतीं मुझसे कट जाने के लिए। यह कैसी मजबूरी थी तुम्हारी। तुम मुझे पसंद नहीं करती थी न? मुझे, अपनी बड़ी बहन को।"

ईशा की आंखों में आंसू छलक आए। दुःख और बेबसी के नहीं, असमर्थ रोष के आंसू। वह मन ही मन शेफाली को समझाने लगी, "जानती हो वह क्या है, जिसने हम दोनों को सदा जोड़े रखा एक-दूसरे से। 'फीमेल बॉडिंग' एक औरत का दूसरी औरतों से जुड़े होना। उनके साथ हमदर्दी रखना और उनके प्रति हो रहे अन्याय के विरुद्ध आवाज उठाना। वहीं बॉडिंग, जिसकी चर्चा आज साहित्य और फिल्मों में इतने ज़ोर-शोर से हो रही है। तुमने सदा चाहा मुझसे अधिक से

अधिक दूरी बनाए रखो। कम से कम बात करो, परंतु समय ने हमें सदा एक-दूसरे की ओर धकेला, परिस्थितियां ही कुछ यूं बनती-बिगड़ती रहीं कि हमें एक दूसरे का सहारा लेना पड़ा। क्या तुमने भी कभी सोचा इस विषय में?"

ईशा खिड़की के पास चली आई। सुबह का सुरमई अंधेरा देखते ही उसे बरसों पहले की वह शाम याद हो आई। उनकी कॉलोनी में एक अनजाना-सा भय छा गया था उन दिनों। औरतें अपने घरों से बाहर निकलते डरती थीं। विशेषकर शाम को। कौन जाने कब वह लुटेरा पीछे से आकर दबोच ले या किसी हथियार से वार कर दे। उनकी कॉलोनी की दो औरतों की इसी प्रकार हत्या हो चुकी थी। एक का हत्या से पहले बलात्कार भी किया गया था। स्कूल-कॉलेज में पढ़नेवाली लड़कियां या कामकाजी औरतें आसानी से शिकार होती थीं इस लुटेरे की। इस प्रकार की घटनाएं कुछ महीनों से दिल्ली के विभिन्न क्षेत्रों में हो रही थीं। पुलिस का मानना था कि उन सबके पीछे एक ही आदमी था, जो एक 'साइकोपैथ सीरियल किलर' था। यह भी कि उन दिनों वह उन्हीं की कालोनी में अपना काम कर रहा था।

दो दिन तो मां ने ईशा और शेफाली को घर से बाहर कदम नहीं रखने दिया, परंतु कब तक। तीसरे दिन शेफाली घर से निकलने लगी तो ईशा ने पुकारा, "सुन, जब तक वह हत्यारा पकड़ा नहीं जाता, कहीं भी जाना हो, मेरे साथ जाया कर।" तब से एक नियम ही बन गया—कहीं भी जाना हो, वे दोनों एक साथ जातीं—कॉलेज, बाज़ार, किसी के घर।

दिन बीतते गए। धीरे-धीरे उस हत्यारे के किस्से कम होने लगे। समाचारपत्रों के पहले पृष्ठ से वह तीसरे पृष्ठ पर आ गया और फिर गायब हो गया। प्रेस हो या आम लोग, एक ही बात को कोई कितने दिन याद रख सकता है, इस मशीनी जीवन की दौड़-भाग में! विज्ञापनों और पॉप संगीत की इस चमकीली, भड़कीली दुनिया में रोज़ नई सुर्खियों की आवश्यकता होती है। जीवन एक बार फिर अपनी गति से चलने लगा।

ईशा ने अपनी सहेली सुनंदा के साथ कालोनी के पीछे बने बड़े पार्क में शाम की सैर फिर से आरंभ कर दी। उन दिनों वह अपने सौंदर्य और फिगर का बहुत ध्यान रखती थी। लड़कों की एक कतार चला करती थी उसके पीछे उन दिनों। सुनंदा के साथ शाम की सैर इन बातों की चर्चा करने के काम भी आया करती थी। उस शाम भी दोनों टहलती हुई फिल्मों और लड़कों की बातें कर रही

थीं कि ईशा को अपने पीछे एक हल्की-सी सरसराहट का आभास हुआ। वह पलटी। कोई नहीं था, लेकिन ऐसा लगा जैसे पास के पेड़ के पीछे कोई परछाई-सी लहरा गई हो। होंठों पर उंगली रख वह सुनंदा का हाथ पकड़े एक पल ठिठकी रही। कोई आवाज नहीं हुई। दोनों फिर टहलने लगीं। कुछ ही कदम चलकर उसे फिर लगा कोई ठीक उनके पीछे चल रहा है। वह एक बार फिर पलटने को ही थी कि कोई उसे कंधा मारता हुआ, उसकी दाहिनी ओर से निकल गया। 'यू इंडियट' वह बिगड़ी, लेकिन उस आदमी ने मुड़कर नहीं देखा। लंबा-ऊंचा। सिर से पांव तक काले कपड़ों में, और आध घंटे बाद गहराती शाम में दिखाई भी न दे। ईशा को एक अजीब-सी अप्रिय अनुभूति हुई। एक सिहरन-सी दौड़ गई उसकी रीढ़ की हड्डी में।

दोनों एक बार फिर सोचने लगीं। वह आशंकित-सी इधर-उधर नजरें घुमाती रही। दो-चार मिनट ही बीते होंगे कि उसे सामने लॉन में पेड़ों के नीचे एक लड़की की आकृति दिखाई दी। शाम के झुटपटे में भी वह पहचानी हुई लग रही थी। शेफाली। वह ठीक से पहचान पाती इससे पहले ही जाने कहां से एक काली आकृति उभरी और ठीक शेफाली के पीछे चलने लगी। ईशा का दिल ही रुक गया जैसे। वह शेफाली की ओर दौड़ने लगी। तभी शेफाली के पीछेवाली आकृति का एक हाथ ऊपर उठा। हाथ में कुछ था जो शाम के धुंधलके में स्पष्ट नजर नहीं आ रहा था। ईशा दहशत से भरकर जोर से चीखी। शाम के अंधेरे में उसकी चीख एक सिरे से दूसरे सिरे तक पार्क के सन्नाटे को चीर गई। उस आकृति के हाथ में जो भी चीज थी, वह नीचे गिर गई और आकृति यह जा, वह जा। तब तक शेफाली को भी खतरे का आभास हो गया था और वह भयभीत हो, जोर-जोर से चीख रही थी। ईशा ने भागकर उसे थाम लिया। वह पत्ते की तरह कांप रही थी। सुनंदा ने नीचे पड़ी वस्तु उठाई। लगभग तीन फुट लंबा लकड़ी का मजबूत डंडा। शेफाली ने देखा तो दहलकर फिर चीखने लगी। ईशा ने चारों ओर नजर दौड़ाई। वह आकृति दूर-दूर तक कहीं दिखाई नहीं दी।

सोचते-सोचते आज भी ईशा के रोम खड़े हो गए। एक शीत लहर फिर उसकी रीढ़ की हड्डी में दौड़ गई। खिड़की छोड़कर वह रसोईघर में गई और ब्लैक कॉफी बनाकर प्याला हाथ में थामे बाल्कनी में आकर बैठ गई। मन में अब भी उथल-पुथल मची थी। जाने क्यों आज अतीत उसका दामन नहीं छोड़ रहा था। उसके लिए तो सदा वर्तमान हावी रहा, अतीत पर भी और भविष्य पर भी। मां

प्रायः कहा करती थी, 'कोई भी हरकत करने से पहले सोच लिया कर उसका आनेवाले कल पर क्या असर होगा। हमेशा मनमानी ठीक नहीं रहतीं।' वह कंधे झटककर मां की बात को हवा में उड़ा दिया करती।

"याद है उस दिन के बाद से कुछ दिन तू किस तरह साये की तरह मेरे साथ-साथ मेरे आगे-पीछे रहती? कहीं भी जाना हो, कुछ भी करना हो, मुझे पूछकर करती, और कभी-कभी अपने मन की बात भी बताने लगी मुझे। फिर मैं होस्टल में चली आई और हम दोनों के बीच दूरियां फिर से बढ़ गईं। मैं छुट्टियों में घर आती, लेकिन हम लोग अलग-अलग द्वीपों में बंटे रहते। वह दिन भी तो कुछ और थे। मैं कॉलेज में थी। तू अभी बच्ची थी। मैं जानती हूं तू मेरे संसार को, उसके नियमों को समझ नहीं पाएगी। एक दिन तूने बिना मुझसे पूछे मेरा एक उपन्यास पढ़ने के लिए उठा लिया और कुलविंदर का एक पत्र तेरे हाथ लग गया तो मैंने तुझे एक थप्पड़ जड़ दिया। क्या करती, पत्र था ही कुछ ऐसा, परंतु इसमें इतनी भी बड़ी क्या बात थी कि तूने दो दिन मुझसे बात नहीं की। जाने तुझमें यह कैसी आदत थी अपने में बंद हो जाने की। किसी को अपने तक पहुंचने न देने की। दुनिया में कोई जी सकता है क्या इस तरह! तभी तो तू जीवनभर दुःख समेटती रही अपने दामन में और तीस वर्ष की आयु से ही ध्यान और साधना में लीन होने लगी। तुझे कितना समझाती थी मैं जीवन का पल्लू कसकर पकड़े रहना ही राज़ है एक सुखी जीवन का। तुम जीवन को छोड़ दोगे तो जीवन तुम्हें छोड़ देगा, लेकिन तुम्हारी समझ में तो कुछ आता ही नहीं था। क्या कहा करती थीं तुम, 'जीवन का आधार प्रेम है। आत्मा का आत्मा से संबंध।' बुलशिट, आत्मा, प्रेम, बकवास है सब। जीवन में जो हो, प्रेम या कुछ भी, सब व्यापार है। केवल लेन-देना। एक हाथ दे, दूसरे हाथ ले। यह सिद्धांत यदि तुम समझ जाती तो शायद आज यहीं होती। इसी समाज में। शायद मेरे पास ही कहीं।"

ईशा ने अपने विचारों को थामने की कोशिश की। यह राह तो केवल पागलपन की ओर जाती है, लेकिन विचारों का सैलाब कब थमता है थामने से। बहुत यत्न किया मन से झटकने का, परंतु यादों का सिलसिला था कि एक जुलूस की तरह चला जा रहा था, बिना कोई परवाह किए। समय के एक से एक, अंधेरे टुकड़े को उघाड़ते हुए। ईशा के भीतर तरतीब से दबाई गई तहों को पलटते हुए। यादों के किसी गर्त से एक ऐसी रात उभरी, जो उसके और शेफाली के जीवन को एकदम बदल गई, परंतु साथ ही आनेवाले कुछ वर्षों तक उनको एक ही धागे

में पिरो गई, माला के मनकों की तरह। पापा यही तो कहा करते थे मां को और उन दोनों को, 'तुम तीनों मेरी माला के मनके हो।'

समय के साथ माला का एक मनका टूटकर गिर गया। मां अचानक संसार से चली गई। जीवन अभी दोबारा चलने लगा ही था कि एक बार फिर से उलट गया। एक भयानक सुबह अपने साथ यह खबर लाई कि प्रधानमंत्री इंदिरा गांधी को उनके ही सुरक्षाकर्मियों ने अपनी गोलियें से छलनी कर दिया। सुनकर वे लोग स्तब्ध रह गए। पापा ने केवल इतना ही कहा, 'वाहे गुरु! रक्षक ही भक्षक हो जाएं तो...' देश का साधारण नागरिक स्वयं से पूछता, 'जिस देश में प्रधानमंत्री की दिन के उजाले में यूं हत्या कर दी जाती है, उस देश में सुरक्षित कौन होगा।' सब जानते थे ऐसे प्रश्नों के उत्तर नहीं हुआ करते।

देश शोक में डूबा ही था। एक और शर्मनाक खेल आरंभ हो गया। सांप्रदायिक दंगे आरंभ हो गए। प्रतिशोध की तीव्र आंधी ऐसी उठी कि निर्दोष नागरिकों की हत्या की जाने लगी। उनके घरों को जलाया जाने लगा। हर शाम खबर आती आज एक ट्रक भरकर दंगाइयों का, इस या उस कॉलोनी में आ रहा है, वहां के बेगुनाह लोगों को सज़ा देने। लोग अपने घरों की छतों पर ईंटों, पत्थरों और लकड़ी के लट्ठों का ढेर जमा करने लगे ताकि समय पड़ने पर आततायियों को मारकर भगा सकें। ऐसी ही एक शाम ईशा और शेफाली पर भी आई। पापा घर पर नहीं थे और कुछ कह भी नहीं गए थे। चौकीदार ने आकर बताया कि वह ढाबे में बैठा चाय पी रहा था जब उसने कुछ लोगों को कहते सुना कि आज शाम एक ट्रक में भरकर फसादी इधर आनेवाले थे। सुनते ही ईशा और शेफाली के होश उड़ गए। कहीं पापा किसी मुसीबत में न घिर जाएं। 'जाने कहां चले जाते हैं बिना कुछ बताए।' ईशा बड़बड़ाने लगी। शेफाली सहमकर दरवाजे पर खड़ी हो पापा की राह देखने लगी। तभी पड़ोस की मीरा का फोन आया कि वे लोग घर में ईंट-पत्थर जमा कर रहे थे। सुनकर ईशा और शेफाली को भी लगा कि अपनी सुरक्षा के लिए उन्हें भी पापा के आने तक ऐसा ही कर लेना चाहिए। दोनों बाहर गली में जाकर बड़े-बड़े पत्थर और ईंटें बटोरने लगीं।

शाम रात में बदल गई। आठ बज गए। न पापा लौटे, न उनका कोई संदेश ही आया। उनके दो-तीन दोस्तों को भी फोन करके पूछ लिया। पापा उनके यहां नहीं थे। बढ़ते अंधेरे में डर भी बढ़ने लगा। आसपास सब कुछ सूना था। लोग अपने घरों में बंद होकर बैठे थे। ऐसे में उनकी खबर किसको होती। काफी देर

दोनों छत पर टहलती रहीं, एक-दूसरे का हाथ पकड़े। कुछ कहने की आवश्यकता नहीं थी। खाली सड़कें। रात के अंधेरे को गुंजाता हुआ सन्नाटा। जब दस बजे तक कोई ट्रक कालोनी में प्रवेश नहीं किया तो दोनों ईशा के कमरे में पलंग पर जा बैठीं। शेफाली की आंखों से आंसू बहने लगे। "दीदी, पापा...।" ईशा ने उसे बाहों में ले लिया। देर तक दोनों यूं ही एक-दूसरे से लिपटी बैठी रहीं। बारह बजने को थे कि फोन की घंटी बजी। ईशा ने कांपते हाथों से फोन उठाया। "हमारे अस्पताल के गेट के सामने एक आदमी बुरी तरह घायल अवस्था में पाया गया है। उसके शरीर पर चाकू के कई घाव हैं और बहुत रक्त बह गया है। उसकी जेब में एक कार्ड मिला है, जिस पर आपका टेलीफोन नंबर लिखा है।" ईशा ने कठिनाई से किसी प्रकार कार्ड पर लिखा नाम पूछा। नाम तो पापा का ही था। उसने शहर में ही रहनेवाले अपने ममेरे भाई राजपाल को फोन किया। जब तक राजपाल उनके पास पहुंचता, अस्पताल से दोबारा फोन आ गया कि उस घायल व्यक्ति ने दम तोड़ दिया था। राजपाल अपने दो दोस्तों को साथ ले अस्पताल से पापा के मृत शरीर को छुड़वाने चला गया। शेष सब व्यवस्था भी राजपाल ने ही की। सब करते-धरते अगले दिन दोपहर के बारह बज गए। चौबीस घंटों के भीतर उनकी दुनिया पूरी तरह उलट चुकी थी। इतने बड़े संसार में केवल वे दोनों ही रह गई थीं एक-दूसरे के लिए। पांव तले की जमीन गहरी धंस गई थी।

ईशा ने उसी वर्ष एम.बी.ए. किया था और उन दिनों नौकरी की तलाश में ही थी। शेफाली अभी ग्यारहवीं में पढ़ रही थी। पापा घर के अतिरिक्त अधिक कुछ नहीं छोड़ गए थे, परंतु ईशा को नौकरी मिलने तक विशेष चिंता करने की भी आवश्यकता नहीं थी। आरंभ में तो इसने, उसने, प्रत्येक रिश्तेदार और परिचित ने काफी अपनापन दिखाया, लेकिन कौन किसका होता है। अंततः वे दोनों ही रह गईं एक-दूसरे का हाथ थामकर सांत्वना देने के लिए भी और जीवन में चलने के लिए भी। ईशा को शायद पहली बार अहसास हुआ, वह बड़ी थी। यूं शेफाली बहुत समझदार लड़की थी। पढ़ने-लिखने और घर के काम में हाथ बंटाने के अतिरिक्त उसको किसी अन्य बात में दिलचस्पी नहीं थी। न अधिक सहेलियां, न बेकार में घूमना, बल्कि इसी कारण ईशा को उलझन हो जाती कभी-कभी। शेफाली का सीधापन उसके लिए एक बेड़ी बन जाता था। उसकी अपनी स्वतंत्रता पर अंकुश लग जाता था। खुलकर कुछ कह भी नहीं पाती थी। कभी बातों-बातों में इशारे से समझाने का यत्न करती।

''स्कूल से आकर क्या सारा दिन घर में बंद रहती है। दोस्तों के साथ घूमाकर। कहीं आया-जाया कर। तू बड़ी हो रही है अब।''

''कभी-कभी कोई अच्छी फिल्म देखने चली तो जाती हूं सहेलियों के साथ। तुम मेरी चिंता न किया करो दीदी। मैं अपनी किताबों और संगीत के साथ खुश हूं। तुम जानती तो हो।''

ईशा सोचती कॉलेज जाते ही शेफाली की रुचियां व्यस्क हो जाएंगी, लेकिन ऐसा कुछ नहीं हुआ, बल्कि कॉलेज में दाखिले के समय ही दोनों का पहली बार खुलकर मनमुटाव हो गया।

''मैं तेरे साथ दाखिले के लिए तो जा नहीं सकूंगी। बी.कॉम ऑनर्स के लिए फार्म भर देना।''

''मैं फिलॉसफी ऑनर्स करना चाहती हूं दीदी।''

''क्या? फिलॉसफी! दर्शन शास्त्र, आज के जमाने में दिमाग तो खराब नहीं हो गया तेरा! कहीं नौकरी भी नहीं मिलेगी। सिवाय लेक्चरर के।''

''मेरे लिए ठीक है।''

''क्या भविष्य होता है लेक्चरर का? जहां से जिंदगी शुरू करो, वहीं से रिटायर हो जाओ।''

''तुम जानती हो, मैं बहुत महत्त्वाकांक्षी नहीं हूं।''

''कल को शादी करनी होगी। कहां ढूंढ़ने जाऊंगी मैं तुम्हारे लिए लड़का। बी.कॉम पढ़ के एम.बी.ए. कर लेना। मेरी तरह अच्छी नौकरी मिल जाएगी। कई लोगों से मिलना-जुलना होगा। अपने जीवन के लिए तुम्हें खुद ही सोचना है। मेरी अपनी जिंदगी भी है।''

''मेरे भाग्य में होगा तो बिना एम.बी.ए. किए भी अच्छा साथी मिल जाएगा और मैं कहां रोकती हूं तुम्हें अपनी तरह जीने से?'' शेफाली ने कुछ भीगी, कुछ तपती आवाज में कहा।

वह ठान चुकी थी उसे क्या करना था। उसने एक अंतिम प्रयास किया बड़ी बहन को समझाने का, ''मैं जानती हूं कॉमर्स बहुत काम का विषय है, लेकिन कठिन है और मेरी उसमें बिल्कुल रुचि नहीं। नहीं कर पाऊंगी। फेल हो जाऊंगी।''

''जो जी में आए करो।'' भुनभुनाती हुई ईशा दफ्तर के लिए निकल गई।

शेफाली ने अपनी पसंद के विषय में ही दाखिला लिया। ईशा के मन में एक गांठ-सी पड़ गई। कुछ दिन शेफाली उसको मनाने का प्रयास करती रही। जब असफल रही तो स्वयं में सिमटने लगी। उनकी दूरियां बढ़ने का एक कारण और भी था। ईशा के ऑफिस में उसकी अपनी आयु के कई लड़के-लड़कियां थे। वे लोग प्रायः देर रात तक घूमते। मस्ती करते। ईशा चाहते हुए भी अभी तक पूर्णरूप से उनकी जीवन प्रणाली को नहीं अपना पाई थी, क्योंकि शेफाली घर में अकेली होती थी। ऑफिस की पार्टियों में तो उसे जाना ही पड़ता था, जो रात देर तक चलती थीं। वहां से भी उसे अन्य लोगों की अपेक्षा जल्दी लौटना पड़ता था। अब और आगे निभाना कठिन लग रहा था। पापा के देहांत को दो वर्ष हो चुके थे। अब वह अपना जीवन अपने ढंग से जीना चाहती थी। वह चाहती थी कि अब शेफाली भी संगी-साथियों का एक गुट बना ले, ताकि उसकी ओर से ईशा को कोई अपराधबोध न हो, कोई विशेष बंधन न रहे उस पर।

शेफाली में बदलाव आ तो रहा था, परंतु वैसा नहीं जैसा ईशा चाहती थी। गहन विषयों पर बड़े-बड़े ग्रंथ पढ़ने में उसकी रुचि बढ़ती जा रही थी। वह अधिक से अधिक समय अपने साथ बिताना पसंद करती और घंटों चुपचाप बैठी संगीत सुना करती। ईशा के जीवन पर इसका कोई असर नहीं था। फिर भी जाने क्यों वह कभी-कभी डर जाती, 'यह लड़की तो एक गुत्थी बनती जा रही है। स्वयं को बदलते समय के अनुरूप ढालने की कोशिश ही नहीं करती। ईश्वर सब कुशल करे।'

शेफाली पढ़ने में बहुत अच्छी थी। वह बी.ए. के तृतीय वर्ष में ही पहुंची थी कि ईशा ने विवाह की घोषणा कर दी, अपने साथ ही काम करनेवाले भरत के साथ। शेफाली उन्हीं के साथ रहने लगी। उसकी ओर से किसी को कोई परेशानी नहीं थी। अब ईशा भी उसके जीवन में कम हस्तक्षेप करती, अपने नए जीवन में खो जाने के कारण। उनके बीच का संवाद लगभग बंद-सा ही था। ईशा ने बड़ी बहन का कर्तव्य निभाने भर के लिए ही उसे अपने साथ रखा था। बस इतना ही। पढ़ने में शेफाली बहुत अच्छी थी। बी.ए. में विश्वविद्यालय में प्रथम आई। एम.ए. में भी। विवाह के एक वर्ष बाद ही ईशा का भरत से झगड़ा होने लगा। शेफाली वैसे तो दोनों की किसी बात में हस्तक्षेप नहीं करती थी, लेकिन धीरे-धीरे उन दोनों के झगड़े का कारण समझ में आने लगा। ईशा अपने किसी सहयोगी के प्यार में झूल रही थी। भरत में उसे दोष ही दोष नजर आने लगे थे।

एक शाम भरत घर पर नहीं था तो अवसर देखकर शेफाली ने ईशा से कहा, "दीदी, अपने विवाह को यूं मत टूटने दो। भरत से भी तो तुम्हारा प्रेम-विवाह था। अच्छा आदमी है वह।"

पहले तो ईशा आंखें खोले उसे देखती रही। उसे अनुमान भी नहीं था कि शेफाली उन दोनों के बीच जो भी चल रहा है, उसके विषय में कुछ जानती है। फिर कटकर बोली, "तुम कितना जानती हो उसे? वह बहुत छोटा आदमी है। औरत के साथ कैसे रहना है, वह जानता ही नहीं, और तुम्हें किसने अधिकार दे दिया मेरे मामलों में बोलो।"

"मैं तुम्हारी बहन हूं, दीदी। तुम्हारा भला चाहती हूं।"

"जब तुम्हारी नसीहत की आवश्यकता होगी, मैं स्वयं मांग लूंगी।"

संवाद का जो कपाट शेफाली ने खोलना चाहा था, ईशा ने एक ही झटके में बंद कर दिया। इस विषय को लेकर दोनों बहनों में दोबारा कोई बात नहीं हुई। ईशा की शादी दो वर्ष खिंचती रही। एक दिन भरत ने बौखलाकर ईशा को एक थप्पड़ जड़ दिया। ईशा रोती हुई शेफाली के कमरे में भागी। शेफाली ने उस समय न केवल बहन को ढाढ़स बंधाया, बल्कि खुलकर भरत का सामना भी किया और आने वाले दिनों में तलाक के समय भी ईशा का पूरा साथ दिया। दोनों के मध्य दूरियां सिकुड़ गईं। दोनों अपने पुराने घर में वापस आ गईं, परंतु एक अंतर था। अब ईशा बिल्कुल स्वतंत्र थी, अपना जीवन जीने के लिए। यह निर्णय शेफाली का था। शेफाली लगन से अपनी पढ़ाई में खो गई और ईशा अपनी नौकरी तथा सहयोगियों और मित्रों में, जिनमें अधिकांश पुरुष थे।

'वह दिन शायद हम दोनों के जीवन के सबसे सुखी दिन थे।' ईशा मन ही मन पुनः शेफाली से बातें करने लगी। 'हम दोनों को एक-दूसरे का सहारा था लेकिन बंधन नहीं। काश, जीवन ऐसे ही चलता रहता, परंतु तूने एम.ए. करके नौकरी पाने के डेढ़-दो वर्ष पश्चात ही सतीश कुमार से विवाह का फैसला कर लिया। पापा के दोस्त पुरी अंकल ने ही सुझाया था यह रिश्ता, 'अच्छा परिवार है और लड़का अच्छी पोजीशन पर है।' उनका कहना था, 'तुम्हारा क्या विचार है बेटी।'

तुमने एक नजर मेरी ओर देखा और मैं कुछ कह पाती, इससे पहले ही 'हां' में सिर हिला दिया। कैसा धक्का लगा था मुझे! मैं तो तेरा चेहरा ही देखती रह गई थी। कोई अधिकार नहीं था तुझे इस प्रकार मेरा जीवन हिला देने का, लेकिन तूने तो सदा ही मनमानी की है। सतीश कुमार को देखकर तो मैं और भी ठगी

सी रह गई थी। इतना स्मार्ट और आधुनिक लड़का! विश्वास करना कठिन था कि वह तुम्हारे जैसी लड़की से विवाह के लिए मान सकता था। बहुत ईर्ष्या हुई थी तुम पर उस दिन। मेरी तरह का लड़का था वह। भाग्य के निर्णय भी समझ में नहीं आते कभी-कभी। खैर, जो भी था। मैं कर ही क्या सकती थी। विवाह करके तुम चली गई अपना घर बसाने। एक बार भी नहीं पूछा कि क्या मैं तुम लोगों के साथ आकर रहना चाहूंगी। यह दूसरा आघात था मेरे मन पर। मेरा मन उचट गया। यूं भी कई असफल प्रेम-संबंधों के कारण मन बहुत खिन्न रहने लगा था।

एक अच्छी नौकरी मिल गई चंडीगढ़ में तो मैं दिल्ली छोड़ यहां चली आई। यूं दूर हो जाने से दिल की दूरी शायद कुछ कम हो गई। मैं वर्ष में एक-दो बार, कुछ दिन की छुट्टी ले दिल्ली घूमने आ जाती और तुम्हारे ही पास ठहरती। आखिर जड़ें थी मेरी दिल्ली में। इसी बीच तुम्हारी और सतीश कुमार की अनबन रहने लगी। तुम्हारा कहना था कि वह रिश्तों की मर्यादा को नहीं पहचानता और विवाह का आधार तो है ही प्रेम यानी तुम्हारे शब्दों में, आत्मा का आत्मा से संबंध।

"गलत! यदि वह ऐसा होता तो तुमसे विवाह क्यों करता।"

"अपनी मां को खुश करने के लिए। जिस तरह की लड़कियों से उसके संबंध होते हैं, वे उसकी मां को कभी स्वीकार नहीं होतीं।"

मैं मन ही मन मुस्कराई और बोली, "तो तुम स्वयं को उन लड़कियों जैसी बनाओ। अवश्य तुममें कोई कमी होगी।"

"हां, है। आई एम टू ऑनेस्ट फॉर हिम। हर तरह से।" तुमने अत्यंत कटु स्वर में उत्तर दिया था।

जब-जब मैं तुम्हारे पास आकर रही, मैंने अनुभव किया कि तुम दोनों में केवल जरूरी बात ही होतीं और तुम्हारी शादी न तो कायम थी, न टूटी ही थी अभी तक। कभी-कभी तुम दोनों के मध्य कोई बहस हो जाती तो जाने क्या होता कि मैं स्वयं को सतीश कुमार के साथ खड़ी पाती। तुम एक दिन के लिए मेरी ओर से बिल्कुल उदासीन हो जाती, परंतु स्वयं ही ठीक भी हो जाती। तुम्हारी उदारता पर कभी संदेह नहीं हुआ मुझे। एक अंतर जो तुममें मैं स्पष्ट देख रही थी, वह था आध्यात्मिकता में तुम्हारी बढ़ती रुचि। तुम हर शाम नियम से ध्यान और साधना में बैठती और मैं जब भी उस समय घर होती, मेरा यह समय सतीश कुमार के साथ बीतता। सतीश कुमार तुम्हारे प्रति शिकायतों की एक गठरी खोलकर बैठ जाता। कितना भरोसा था उसे मुझमें। मुझे अच्छा लगता।

वह प्रायः कहता, "पता नहीं वो आप जैसी क्यों नहीं।"

एक खिंचाव-सा अनुभव करती थी मैं उसके प्रति। उसकी आंखों और हावभाव में भी एक प्रकार का निमंत्रण झलकता था। तुम्हें भी शायद किसी स्तर पर आभास था हम दोनों के परस्पर खिंचाव का और प्रायः तुम्हारा चेहरा खिंच जाया करता। क्या यह सरासर ज्यादती नहीं थी तुम्हारी, परंतु मैं जानती थी कि तुम शालीन हो और कमज़ोर भी। लाख चाहते हुए भी मुझसे कभी खुलकर यह नहीं कह पाओगी कि मेरे घर आकर न रहा करो। कितना गलत समझती थी मैं। अंतिम बार जब मैं दिल्ली आई थी तुम्हारे पास तो कैसी चट्टान जैसी हो गई थी तुम अंतिम कुछ दिनों में...और 31 दिसंबर की उस मनहूस रात को किस तरह तुमने कह दिया था–

"आज से मेरे-तुम्हारे बीच कोई संबंध नहीं। यह घर मेरा है, और यहां तुम्हारा स्वागत नहीं।"

"क्या कह रही हो तुम! मतलब भी जानती हो इसका?"

"अच्छी तरह जानती हूं, क्या कह रही हूं। प्लीज पैक यॉर बैग्ज एंड लीव फर्स्ट थिंग इन द मॉर्निंग।"

...सोचते-सोचते ईशा का हाथ कांप गया। कॉफी उसकी शॉल पर छलक गई। सात वर्ष पहले की उस रात की मनहूसियत उसके दिलो-दिमाग पर छाने लगी। राजपाल और उसकी पत्नी ईशा को मिलना चाहते थे। इसलिए शेफ़ाली ने उन्हें नववर्ष की पूर्व रात्रि को खाने पर बुला रखा था। खाने के बाद वे सब लोग ड्राइंगरूम में बैठे बातें कर रहे थे। शेफाली ने चाय-कॉफी के लिए पूछा तो राजपाल हँसकर बोला–

"हां, मैं तो ले ही लूंगा। ठंड में इतनी दूर गाड़ी चलाकर जाना है। और वैसे भी अभी बारह नहीं बजे। अभी तो एक-दूसरे को 'हेप्पी न्यू ईयर' कहने में पूरा एक घंटा बाकी है।"

सुनते ही ईशा परेशान-सी हो गई और एकदम खड़ी हो गई।

"मैं क्षमा चाहती हूं। मुझे जल्दी सोने की आदत है। गुडनाइट एवरीबॉडी।" और वह दूसरी मंजिल पर बने सोने के कमरे में चली गई।

राजपाल हैरान-सा शेफाली की ओर देखने लगा। शेफाली समझ नहीं पाई बहन के इस व्यवहार की क्या सफाई दे। सकपकाकर बोली, "कोई बात नहीं। हम लोग पीते हैं चाय। मैं अभी बनाकर लाती हूं।"

इससे पहले कि वह उठकर रसोई की ओर जाती, सतीश कुमार भी उठ खड़ा हुआ, "मेरे लिए मत बनाना। मुझे भी नींद आ रही है।" और वह भी सीढ़ियां चढ़ने लगा।

इस पर राजपाल ने एक हँसती हुई दृष्टि सीढ़ियों की ओर बढ़ते सतीश कुमार पर डाली और फिर स्नेहभरी सहानुभूति से शेफाली को देखने लगा।

"मैं पांच मिनट में चाय लाती हूं।" शेफाली कठिनाई से मुस्कराती हुई बोली और रसोई में चली गई। उसके दिल-दिमाग में प्रश्नों के सांप फन उठाने लगे। वह राजपाल की दृष्टि का आशय समझती थी। जिस प्रकार के विचारों से वह गत एक सप्ताह से जूझ रही थी, राजपाल की नजर ने जैसे उन सबकी पुष्टि कर दी थी। कांपते हाथों से चाय का पानी गैस पर चढ़ाया। फिर एकाएक जैसे किसी अनजानी शक्ति ने उसका हाथ पकड़ लिया और उसे सीढ़ियों की ओर ले चली। वह बिना आवाज किए, दबे पांव सीढ़ियां चढ़ने लगी। उसकी टांगे कांप रही थीं। सीढ़ियां चढ़ते उसने लक्ष्य किया कि सामने सतीश कुमार के बेडरूम की बत्ती नहीं जल रही थी। सीढ़ियां लॉबी तक जाती थीं। उसने जैसे ही लॉबी में पांव रखा, दाईं ओर वाले गलियारे में से कोई तेजी से वहीं, बाईं ओर बने कमरे में घुसा, जिसमें ईशा ठहरी हुई थी। साथ ही गलियारे के दूसरी ओर बने बाथरूम का दरवाजा किसी ने जोर से हाथ मारकर उढ़का दिया और वॉशबेसिन का नल पूरा खोल दिया। उसने बरामदे में जाकर बाथरूम के दरवाजे की ओर नजर दौड़ाई। सच ही भीतर से चटखनी नहीं लगी थी। ईशा के बेडरूम में अंधेरा था। उसने दबे पांव प्रवेश किया। ईशा दरवाजे के पास ही दीवार से चिपकी खड़ी थी। उसे देखकर ईशा एकदम हड़बड़ा गई और उसी दीवार में बनी अलमारी खोलकर, हैंगरों पर लटके कपड़ों को टटोलने लगी, अंधेरे में ही।

"तुम अंधेरे में क्या कर रही हो दीदी?" शेफाली ने कमरे में रोशनी कर दी।

"कुछ नहीं, कुछ नहीं! तुम यहां क्यों आई हो।" और ईशा का एक हाथ अपने बलाउज के बटनों पर घूमने लगा।

"यह सवाल तो मुझे तुमसे करना चाहिए। नींद का बहाना बनाकर यूं मेहमानों को छोड़कर चले आने का कारण?"

"कहा तो मुझे जल्दी सोने की आदत है।"

"तुम्हारी आदतों से मैं भलीभांति परिचित हूं।" दो पल रुककर उसने फिर कहा, "मैं इंतजार कर रही हूं तुम्हारे उत्तर का। जितनी नादान तुम मुझे समझती

हो, उतनी मैं हूं नहीं। जो खेल आजकल इस घर में चल रहा है, उससे अनजान नहीं हूं मैं।''

ईशा घबराकर दबी आवाज में बोली, ''तुम्हें किसी ने बहका दिया है। सुबह बात करेंगे।''

''मैं बच्ची नहीं कि कोई मुझे बहका सके, और अभी तक तो मैंने कुछ कहा ही नहीं। फिर तुम्हें क्या पता कि जो मैं कहने जा रही हूं, वह किसी और के कहने पर।''

ईशा का पहले से ही फीका चेहरा अब किसी बीमार का-सा लगने लगा। वह हाथ जोड़कर बोली, ''देखो, मैं तुम्हारी बहन हूं।''

शेफाली ने नपे-तुले ढंग से साफ आवाज में कहा, ''नहीं! आज से मेरा तुम्हारे साथ कोई संबंध नहीं। यह घर मेरा है और यहां तुम्हारा स्वागत नहीं।''

''धीरे बोलो, नीचे वो लोग सुन लेंगे।''

''मुझे परवाह नहीं।'' शेफाली कुछ और जोर से बोली, ''मेरे जीवन का सत्य है यह। तुम्हें दिल्ली में ठहरने का एक ठिकाना चाहिए और एक मर्द भी। यहां तुम्हारी दोनों आवश्यकताएं पूरी हो रही हैं, और इसके लिए तुम्हें मेरी जड़ें काटनी भी पड़ें, तो तुम हिचकिचाओगी नहीं। यूं हैव नो स्क्रूपल्ज, लेकिन कान खोलकर मेरी एक बात सुन लो। यह घर मेरा है, और कोई लाख चाहे तो भी मेरी मर्जी के बिना यहां आकर ठहर नहीं सकता।'' कहते-कहते शेफाली रुआंसी होकर हांफने लगी और सीढ़ियां उतरकर नीचे आ गई। अपनी घबराहट में भी उसने लक्ष्य किया कि इस बीच सतीश कुमार बाथरूम से बाहर नहीं निकला। बहते पानी की आवाज अवश्य बंद हो गई थी।

''कॉवर्ड।'' वह अत्यंत कटुता से बुदबुदाई।

आवाजें सुनकर राजपाल सीढ़ियों के पास आ खड़ा हुआ था। वह शेफाली का हाथ थामकर, उसे ड्राइंगरूम में ले गया। उसका हाथ पकड़ते ही शेफाली फूट-फूटकर रोने लगी। जाने कब का लगा बांध, किसी हमदर्द को पाते ही टूटने लगा। राजपाल चुपचाप उसका हाथ थामे बैठा रहा। न कुछ पूछा, न कुछ कहा। लगभग आधे घंटे बाद वह उसके सिर पर स्नेहभरा हाथ फेरकर अपनी पत्नी के साथ वापस चला गया। जाने से पहले उसने एक बार इतना अवश्य कहा,

''अगर कभी कोई बहुत परेशान करे तो मुझसे अवश्य कहना। कज़िन ही सही, मैं तुम्हारा भाई हूं।''

जब तक राजपाल वहां रहा, ऊपर की मंजिल से न कोई नीचे उतरा, न ही कोई आवाज आई। उसके जाने के कुछ पल बाद ईशा आकर शेफाली के सामने खड़ी हो गई एक प्रश्नचिह्न की तरह। शेफाली ने दृष्टि उठाकर देखा भी नहीं, वह बोली–

"मुझे कुछ कहना है तुमसे।"

शेफाली ने बिना उसकी ओर देखे ही कहा, "मुझे कुछ नहीं सुनना।"

"तुम्हें गलतफहमी हुई है। जो तुम समझ रही हो, वैसा कुछ भी नहीं है।"

एक पल तो शेफाली चुप रही फिर एकदम फट पड़ी, "मैं जानती हूं तुम बहुत स्मार्ट हो, लेकिन मैं बेवकूफ नहीं। मैं यह भी जानती हूं कि आज जो भी हुआ या मेरे आ जाने के कारण नहीं हुआ, वह पहली बार नहीं था। लगभग एक सप्ताह से यह सब चल रहा है।"

ईशा ने एक कमजोर व्यक्ति की तरह चिल्लाकर प्रतिरोध किया, "कैसे कह रही यह सब तुम? किस आधार पर?"

"आई हैव ए वैरी स्ट्रांग सिक्स्थ सेंस। याद है, आज से कुछ रोज पहले जब तुम सुबह आठ बजे तक भी नहीं उठी थी तो मैं तुम्हें जगाने, तुम्हारे कमरे में आई थी। तुम कैसी गहरी नींद में सो रही थी। उस दिन तुम्हारे पलंग का बेडकवर भी करीने से बिछा हुआ था। केवल एक ओर से एक फुट तहा दिया गया था, और उतनी-सी जगह में ही तुम एक करवट सोई हुई थी। बेडकवर जहां से तहाया गया था, वहां से न तो वह इकट्ठा हुआ था और न ही उसमें कोई सलवट आई थी। इतनी भारी देह और रातभर पलंग के एक कोने में सोई रहे और बिस्तर में सलवट भी न पड़े। तुम गहरी नींद सो रही थी। ऐसी नींद जो शरीर चूर-चूर हो जाने पर आती है। तुम्हारे चेहरे पर एक विशेष प्रकार की तृप्ति छाई थी। वैसी जैसी शरीर की भूख शांत हो जाने के बाद किसी बिल्ली के चेहरे पर दिखाई देती है।"

ईशा ने कुछ कहने के लिए मुंह खोला ही था कि शेफाली फिर से कहने लगी, "कुछ कहने की आवश्यकता नहीं। केवल सुनती रहो। एक और दिन याद करवाती हूं तुम्हें। परसों की ही तो बात है। तुम बाथरूम में नहाने गई थीं। अंदर घुसते ही तुमने आवाज लगाई, "मेरा तौलिया तो देना। मैं कमरे में ही भूल आई।" सुनकर बहुत अजीब-सा लगा था। मुझे बुला रही थी तो ऊपर की मंजिल से इतनी धीमी आवाज में क्यों बोल रही थी? मैं तो सीढ़ियों के पास ही खड़ी सफाई करवा रही थी, इसलिए सुन लिया। खैर, मैं ऊपर गई तुम्हें तौलिया पकड़ाने। लॉबी में

पांव रखते ही धक-सी रह गई। तुम अपने कमरे से निकल रही थी एक छोटे से तौलिए से शरीर को ढंकने का असफल प्रयास करते हुए। तुम्हारे चेहरे पर एक नटखट मुस्कान थी और अपने खुले वक्ष को निहारती हुई तुम कनखियों से सतीश कुमार के कमरे की ओर देख लेती थी और स्वयं ही जैसे कुछ याद करके सिहर उठती थी। मुझे सामने पाकर तुम सकपकाई और चंचलता से हँसकर बाथरूम में घुस गई। पता नहीं मैं किस प्रकार यह तमाशा देखकर भी भरसक सामान्य बनी रही।''

ईशा का पूरा शरीर कांपने लगा और वह वहीं शेफाली के सामने बैठ गई।

''आइ एम सॉरी। मुझे ऐसा नहीं करना चाहिए था।''

शेफाली चुप रही। ईशा ही बेजान आवाज में पुन बोली–

''सच मानो, मैं बहक गई थी, लेकिन क्या तुम्हें नहीं लगता तुम भी कुछ हद तक जिम्मेदार हो इस स्थिति के लिए? तुम क्यों नीचे की मंजिल पर रहती हो अलग कमरे में?''

''मेरे अपने कारण हैं, लेकिन इसका यह अर्थ नहीं कि...''

''मर्द को यूं खुला छोड़ दिया जाए तो वह...''

''मुझे उसकी परवाह नहीं। वह क्या करता है, इसमें मुझे कोई दिलचस्पी नहीं। आघात मुझे तुम्हारे व्यवहार ने लगाया है, परंतु अब मुझे तुम्हारी भी परवाह नहीं। मेरी बहन होकर भी तुमने...खैर तुम लोग जैसा भी जीवन जीना चाहते हो, वो तुम्हारा अपना चुनाव है, लेकिन मैं अपने घर में यह सब नहीं होने दूंगी। तुम दोनों मिलकर मेरा इतना बड़ा अपमान नहीं कर सकते।''

''डोंट यू थिंक यू आर बीइंग ए किल ज्वाय? यदि तुम्हारा उस आदमी के साथ कोई संबंध ही नहीं तो तुम्हें क्या अंतर पड़ता है यदि कोई और उस के साथ दिल बहला ले कुछ देर के लिए? मेरी मानो इस सारे प्रसंग को भूल जाओ। नए सिरे से जीवन शुरू करो उसके साथ।'' ईशा ने शेफाली के हाथ पर हाथ रख दिया।

बेरुखी से उसके हाथ को झटकती हुई शेफाली उठ खड़ी हुई, ''तुम अपना समय नष्ट कर रही हो, और जिसकी वकालत तुम कर रही हो, वह कहां छुपा बैठा है कल रात से? स्थिति का सामना करने में तुम्हारा साथ देने भी तो नहीं आया वह।''

अब ईशा पूर्ण रूप से निरुत्तर हो गई।

शेफाली ने दरवाजे की ओर इशारा करके सख्ती से कहा, ''प्लीज पैक यॉर बैग्ज एंड लीव फर्स्ट थिंग इन द मॉर्निंग।''

लाचार हो ईशा को अगले ही दिन चंडीगढ़ लौट आना पड़ा था। फिर भी उसे विश्वास था कि शेफाली का क्रोध समय के साथ शांत हो जाएगा। आनेवाले वर्षों ने स्पष्ट कर दिया कि यह विश्वास नहीं, उसका भ्रम था। शेफाली ने उसके बाद उसे कभी अपने घर नहीं आने दिया, न ही स्वयं कभी उससे मिलने आई। वह एक-दो बार दिल्ली गई भी, लेकिन अपने किन्हीं परिचितों के यहां ही ठहरना पड़ा। शेफाली ने अपना चुनाव कर लिया था। एक बार, केवल एक बार शेफाली का एक संक्षिप्त-सा पत्र मिला था उसे, उस घटना के लगभग छह-सात महीनों बाद, जिसे पढ़कर ईशा को पहली बार स्वयं से घृणा हुई थी।

''तुम्हें मैं भूल तो नहीं सकती ईशा, लेकिन आज तुम्हारी याद कुछ ज्यादा ही आ रही है। नहीं, यह मत समझना मेरा बड़ी बहन के लिए प्यार दोबारा जीवित हो रहा है। याद इसलिए आ रही है कि तुम यदि आज यहां होती तो शायद दर्पण में अपनी छवि से भी आंख नहीं मिला पाती। बहुत शर्म आती तुम्हें अपने पर और अपने उस रूप पर जिस पर तुम्हें सदा इतना गर्व रहा। जानती हो तुम्हारे उस कांड के बाद तुम्हारे दिल्ली से चले जाने के बाद तुम्हारे इस प्रेमी सतीश कुमार ने कितना मिस किया तुम्हें? इधर तुम गई, उधर उसने तुम्हारी खाली जगह को घर की नौकरानी से भर लिया। तुम्हें याद है न वह लड़की, जो मेरे यहां काम करती थी उन दिनों—बाला?''

पत्र पढ़कर हजार-हजार सांप लोट गए थे ईशा के मन पर, शरीर पर भी, यहां-वहां। क्या इतना ही अंतर दिखाई दिया सतीश कुमार को उसके और उस गंदी नौकरानी के रंगरूप में, उनके शरीर की गंध में। उनके रख-रखाव और हावभाव में। जी चाहा सतीश कुमार का मुंह अपने नाखूनों से चीरकर लहूलुहान कर दे। कई दिन रह-रहकर आंखों के सामने शेफाली का हँसता हुआ चेहरा उभर जाता। प्रतीत होता जैसे वह कह रही है, ''क्यों, देख लिया कितनी कीमत थी तुम्हारी इस आदमी के लिए? तुम उसके लिए आकर्षण नहीं, मात्र उपलब्ध थी। ही हैज रीप्लेस्ड यू इन नो टाइम, एंड दैट टू विद ए मेड सर्वेंट।

कुछ दिन बाद जब उसने स्वयं पर काबू पा लिया तो उसने एक रोता हुआ पत्र शेफाली को लिखा, इस आशा में कि शायद बहन जीवन में वापस आ जाए, परंतु बहन ने कोई उत्तर नहीं दिया।

ज्ञात हुआ शेफाली ध्यान और साधना में लीन होती गई थी। एक दिन अचानक समाचार मिला कि वह ऋषिकेश चली गई थी, किसी आश्रम में। ईशा को यह समाचार राजपाल से मिला, जब वह दो दिन के लिए दफ्तर के काम से दिल्ली गई थी। उसने डरते-डरते राजपाल को फोन किया था। वह जानती थी कि यदि शेफाली के विषय में कुछ जानना है तो राजपाल से ही जान सकती है। उसे फोन पर ही लगा था, जैसे राजपाल की आवाज में एक धिक्कार था।

"शेफाली अब हमारे इस संसार से बहुत दूर चली गई है। आज से लगभग पांच महीने पहले उसने ऋषिकेश में एक आश्रम को घर बना लिया है।"

सुनकर ईशा को राजपाल पर बहुत क्रोध आया।

"जब वह गई थी, तब तुमने मुझे बताने की जरूरत क्यों नहीं समझी? मैं उसकी सगी बड़ी बहन हूं।"

"उसके कड़े आदेश थे, बल्कि उसने तो मुझसे यह भी कह रखा है कि उसे कभी कुछ हो जाए तो आपको या सतीश कुमार को नहीं बुलाया जाए। आश्रम में भी उसने संबंधियों के नाम में केवल मेरा नाम दे रखा है।"

उसके बाद से ईशा दोबारा कभी दिल्ली नहीं गई। जब-जब शेफाली याद आती, एक साथ हजारों सांप डंक मारते उसे और वह पसीने से भीग-भीग जाती।

इस समय भी वह यह सब सोचते-सोचते पसीने से नहा गई। देह में एक अजीब-सा भारीपन और शिथिलता अनुभव होने लगी। बाल्कनी से उठकर डगमगाते कदमों से भीतर की ओर जाने लगी।

"तूने क्यों मुंह मोड़ लिया संसार से इतनी जल्दी। मुझसे तो बहुत छोटी है तू। न सही सतीश कुमार, न सही मैं भी। इतना विस्तृत संसार तो पड़ा था तेरे सामने। क्या किसी सुख की चाह नहीं थी तुझे। सच कह, क्या तेरे जीवन से विमुख हो जाने में मेरा भी हाथ है।"

अचानक ईशा को बेहद थकन अनुभव होने लगी। शेफाली का चित्र हाथ में ले वह बिस्तर पर गिर गई और घर का रास्ता भूल जानेवाली असहाय बच्ची की तरह फूट-फूटकर रोने लगी।

वापसी

हम पत्रकारों की जाति ही कुछ ऐसी होती है। भारत सरकार की गृह नीति हो या अमेरिका की विदेश नीति, कला के क्षेत्र में राष्ट्रीय पुरस्कारों की घोषणा हो या किसी अंतरराष्ट्रीय संगठन की नई दिल्ली में बैठक, हमें हर चीज में कमियां और त्रुटियां ही नजर आती हैं, और तो और हम लोग अपनी जाति को भी काटते-छीलते रहते हैं, यहां तक कि पुरुष पत्रकार सदैव यह जताते रहते हैं कि वे महिला पत्रकारों से बेहतर हैं और महिला पत्रकार अपने बेहतर होने के प्रमाण एकत्रित करती रहती हैं। बस, यूं ही निरर्थक वाद-विवाद में जीवन कटता चला जाता है और प्रतिदिन कुछ महत्त्वपूर्ण कह लेने की भावना बनी रहती है। बाहरी जीवन की घटनाएं, दुर्घटनाएं हमें इतना उलझाए रखती हैं कि रेल की पटरी की तरह सपाट चले जाते अपने व्यक्तिगत जीवन की ओर विशेष ध्यान ही नहीं जाता। हम लोगों का।

हमारा अधिकांश समय तो समाचार बटोरने या सनसनीखेज रिपोर्ट्स तैयार करने में ही बीतता है।

परंतु कभी-कभार, हर पत्रकार के जीवन में शायद एक बार तो अवश्य ऐसा कुछ होता है जो उसे भीतर तक उद्वेलित कर जाता है। इस अर्थ में मैं भी कोई अपवाद नहीं हूं। पंद्रह वर्ष पूर्व एक ऐसा ही अनुभव मुझे भी हुआ था, जो आज भी याद आने पर मुझे हैरान, परेशान छोड़ जाता है और मैं उसके विषय में नए सिरे से सोचने लगती हूं।

बात उन दिनों की है जब मैं पत्रकारिता के क्षेत्र में नई थी। एक विशेष शौक हुआ करता था मुझे उन दिनों। लोगों से साक्षात्कार के आधार पर जीवनवृत्त लिखना। इसके लिए मैं कभी लोकप्रिय नेताओं तथा विश्व-प्रसिद्ध कलाकारों से भेंट करती, कभी अनजान, गुमनाम देशवासियों से। मित्रों का कहना था कि मेरी लेखनी में जादू था और मेरी कलम से निकलते ही जीवनवृत्तों के ये पात्र एकदम सजीव हो उठते थे, परंतु एक बार मुझे अपनी लेखनी छोटी प्रतीत होने लगी। उस एक जीवनवृत्त के लिए कागज के टुकड़े की नहीं, एक बड़े से 'कैनवस' की आवश्यकता पड़ गई मुझे और जीवनवृत्त, जीवनवृत्त न रहकर एक पूरी पेंटिंग बन गया, जिसे रचने के लिए मुझे अपनी लेखनी को कई रंगों में रंगना पड़ा। उस अनूठे अनुभव के पश्चात ही मैंने जीवनियों पर आधारित उपन्यास तथा उपन्यास की शैली में जीवनियां लिखनी आरंभ कीं।

उन दिनों मैं दिल्ली में एक दैनिक पत्र के लिए काम कर रही थी। राजधानी की भीड़ और कोलाहल तथा अपने कार्यालय में बढ़ते हुए राजनीतिक दांव-पेंच और गुटबंदी से मैं तंग आ चुकी थी। कुछ दिन का अवकाश लेकर, किसी एकांत स्थान में जाकर रहने का मन हुआ। पता लगा एक मित्र के चाचा का नैनीताल में अपना मकान था, जो बंद पड़ा रहता था, सिवाय ग्रीष्मावकाश के। सो मैंने उनसे चाबी ली और छुट्टियां काटने चल पड़ी। बड़ा मोहक थी वहां की झील। सोचा हर शाम झील के किनारे बिताया करूंगी। बहुत पढ़ूंगी, बहुत लिखूंगी।

काठगोदाम तक की यात्रा तो किसी भी साधारण यात्रा जैसी रही। जब काठगोदाम से आगे जाने के लिए बस में बैठी तो एक लंबे, ऊंचे साधु बाबा भी बस में चढ़े और मेरे साथवाली सीट पर बैठ गए। वैसे तो विभिन्न किस्म के साधु और बाबा लोग भारतीय जीवन का एक अभिन्न अंग हैं, और इतनी संख्या में हर कहीं मिलते हैं कि कोई विशेष ध्यान भी नहीं देता उन पर, परंतु यह बाबा

उस प्रकार के नहीं थे। दृष्टि उनके शांत मुख से हटती ही नहीं थी। घनी दाढ़ी-मूंछ के कारण अधिकांश चेहरा ढंका हुआ था, लेकिन जितना भी दिखाई देता था, उससे उनके सुंदर व आकर्षक व्यक्तित्व की झलक मिलती थी। उनका समूचा व्यक्तित्व, विशेष रूप से उनकी आंखें जैसे बलपूर्वक हर किसी को अपनी ओर खींचती थीं। आंखें क्या थीं, जैसे दो बड़ी-बड़ी चुंबक लगा दी गई थीं चेहरे पर। चेहरे पर छाई निर्लिप्तता किसी फकीर की निर्लिप्तता भी थी और किसी राजा की उदासीनता भी। वे अपने आसपास सब कुछ देखते हुए भी किसी की ओर नहीं देख रहे थे। मैं अनजाने में ही रह-रहकर उनकी ओर देखने लगी। कुछ ऐसा हो रहा था कि मैं जब भी उनकी ओर देखती, उन्हें अपनी ओर देखते पाती और मेरी आंखें उनकी आंखों से मिल जातीं। उनकी आंखें मेरे भीतर कहीं गहरे तक उतरने लगीं। मुझे एक प्रकार का डर लगने लगा उनसे। एक स्तर पर मन उनसे बात करने का इच्छुक भी था, उनके विषय में कुछ जानना भी चाह रहा था, परंतु इतना साहस जुटा पाना भी कठिन हो रहा था। पंद्रह-बीस मिनट यूं ही दुविधा में कट गए। एक बार फिर आंखें अनायास उनकी आंखों से टकराईं। संभव है मेरा भ्रम रहा हो, परंतु ऐसा प्रतीत हुआ जैसे वे धीमे-से मुस्कराए। मैंने जैसे-तैसे साहस बटोरकर पूछ ही लिया।

'आप कहां जा रहे हैं, बाबा?'

'नैनीताल!' धीमे, मधुर, पर स्पष्ट स्वर में उत्तर मिला। स्वर की गहराई ने चौंका दिया।

'तुम भी तो वहीं जा रही हो बेटी, कुछ दिन परेशानी से बचने के लिए।' वे मुझे विस्मय में डालते हुए बोले।

मैंने 'हां' में सिर हिलाया और आंखें और मुंह फाड़े उन्हें देखने लगी।

उन्होंने खुलकर मुस्कराते हुए पूछा, 'पानी बहुत पसंद है क्या?'

'हां, बाबा।' मेरा मुंह खुला-का-खुला रह गया।

इस बार बाबा हँसने लगे। उनकी हँसी से वातावरण कुछ हल्का हो आया और मैं कुछ सहज। मैंने पहली बार ध्यानपूर्वक उनका चेहरा देखा। झील जैसी शांत और गंभीर आंखों में एक हल्की-सी उदासी का पुट था। मुझे विस्मय हुआ। जो साधु था, संसार को त्यागकर, एक झोला कंधे पर लटकाए यूं ही इधर-उधर घूम रहा था, उसे क्या दुःख हो सकता था? इस जगत के राग-द्वेष से परे कौन-सी भावना उसके हृदय को मथ रही थी और उदासी बनकर उसकी आंखों में तैर जाती

थी? यह प्रश्न उठते ही मेरा मन कौतूहल से भर उठा और उनके विषय में बहुत कुछ जानने को उतावला हो उठा। समस्त संकोच को परे हटाकर मैंने उनसे संवाद आरंभ करने का प्रयास किया।

'आप कहां से आ रहे हैं, बाबा?'

'मैं तो कई स्थानों का भ्रमण करके लौट रहा हूं, बेटी।'

'नैनीताल भी भ्रमण के लिए जा रहे हैं क्या?'

'नहीं, नहीं, वहां तो मेरा घर है, परिवार है।'

'घर-परिवार? लेकिन आप तो साधु हैं। कौन-कौन हैं आपके परिवार में?'

'सब हैं! पत्नी है, दो बेटे हैं, बहुएं हैं। एक पोता भी है।' उनके बोलने के ढंग से लग रहा था, जैसे वे मन-ही-मन कोई विष पी रहे थे। वार्तालाप का रुख उन्हें बहुत रुचिकर नहीं लग रहा था। फिर भी वे शांत भाव से उत्तर देते रहे।

'आप अपने परिवार से मिलने जा रहे हैं?' मैंने कुरेदा।

उन्होंने गहरा निःश्वास छोड़ा, 'केवल मिलने नहीं जा रहा, यह मेरी वापसी है?'

मैं कुछ समझी नहीं। पूछा, 'वापसी का अर्थ?'

'अर्थ...वन से संसार की ओर वापसी।'

'लेकिन क्यों, बाबा?'

वे अपनी झील-सी आंखों से मेरी ओर देखते हुए फिर मुस्कराने लगे। बोले, 'बहुत लंबी कहानी है, तुम क्या करोगी सुनकर?'

'मैं लेखिका हूं, बाबा!' मैंने अपनी इच्छा प्रकट करते हुए कहा, 'चाहती हूं आपके जीवन पर कुछ लिखूं, यदि आपको बुरा न लगे तो।'

बाबा खिड़की से बाहर देखने लगे। वार्तालाप ठप्प हो गया। मैं अपने को कोसने लगी। इतनी भी क्या उतावली थी मुझे। शेष यात्रा बेहद उबाऊ रही।

नैनीताल पहुंचने से कुछ ही पहले जाने क्या हुआ कि बाबा सहज ढंग से मुस्कराते हुए मुझे संबोधित करके बोले, 'सोचता हूं कोई हानि नहीं तुमसे अपने विषय में बात करने में, लेकिन अब यात्रा तो समाप्त हो गई। सड़क पर तो बात हो नहीं सकती। जब भी अवकाश मिले, घर चली आना।'

मैंने उनका पता डायरी में लिख लिया। मुझे चैन नहीं पड़ रही थी। वह दिन तो किसी प्रकार काट लिया, परंतु अगले ही दिन नाश्ते के बाद निकल पड़ी उनसे मिलने, हाथ में कागज-कलम लिए ताकि बाबा जो कुछ बताएं, उससे नोट्स तैयार कर सकूं।

उन नोट्स के आधार पर मैं रोज रात को नियमित रूप से डायरी लिखती। जो कहानी मैं इस समय कहने जा रही हूं, वह और कुछ नहीं, मेरी डायरी के पन्ने हैं।

30 अप्रैल, 1971

मैं बाबा के दिए हुए पते पर पहुंची। बड़ा-सा, पुराने ढंग का बंगला था, जिसके मुख्य द्वार की दाईं ओर पूरा भाग सफेद फूलोंवाली घनी बेल से ढंका हुआ था। उसे देखते ही मुझे बाबा का चेहरा स्मरण हो आया, घनी दाढ़ी-मूंछ में ढंका हुआ। मैंने घंटी बजाई। कुछ ही पल बाद एक पहाड़ी नौकर ने आकर दरवाजा खोला, नाम पूछा और भीतर चला गया। मैं सोचने लगी नाम तो मेरा इस घर में कोई जानता नहीं। जाने नौकर क्या उत्तर लाएगा। वह जल्दी ही लौट आया और मुझे ड्राइंग-रूम में ले गया।

मुझे बैठे अभी पांच मिनट भी नहीं हुए थे कि बाबा ने कमरे में प्रवेश किया। उनका रूप कुछ जाना-पहचाना था, कुछ बदला हुआ। उन्होंने मोतिया रंग का रेशमी कुरता-पायजामा पहन रखा था। गले में रुद्राक्ष की माला थी। वे इस समय कोई साधु नहीं, किसी कुलीन, अभिजात्यवर्गीय परिवार के मुखिया लग रहे थे। इस आयु में भी वह कितने सुंदर, कितने आकर्षक थे। अनचाहे ही मन में यह विचार कौंधा कि अपने समय में बहुत-सी औरतों के आकर्षण का केंद्र रहे होंगे वे। हो-न-हो, एकाध अविस्मरणीय प्रेम-प्रसंग भी रहा होगा। मैंने अपने बहकते मन को कठिनाई से संभाला और अभिवादन में हाथ जोड़ दिए।

'मैं तो डर रही थी आप मिलें न मिलें। कल आपको अपना नाम बताना तो भूल ही गई।'

बाबा मुस्कराए और बोले, 'मैं जानता था तुम आज, इस समय मुझसे मिलने आओगी।'

मैं बैठ गई तो वे मेरे पासवाली कुर्सी पर ही बैठ गए। पूछने लगे, 'कहो, झील किनारे के अतिरिक्त कहीं और भी गई घूमने?'

बाबा ने ठीक ही पकड़ा था। पिछली शाम मैंने झील पर ही काटी थी और आज प्रातः भी एक घंटा वहीं सैर करके आई थी। वे उसी प्रकार मंद-मंद मुस्कराते हुए कहने लगे, 'जानती हो, तुम्हें जिस प्रकार पानी आकर्षित करता है, उसी प्रकार मुझे बचपन से पहाड़ और जंगल सदा अपनी ओर खींचते रहे हैं।'

एक क्षण के लिए जैसे वे पहाड़ों और जंगलों में ही खो गए। मैं उन्हें देखती रही। उनकी आंखों से झलकती आत्मा कहीं वीराने में भटक रही थी। तभी अंदर से कोई चीज गिरने की आवाज आई, वे चौंके।

'मेरा पोता होगा, बहुत शैतान है। दिन-भर ऊधम मचाता है।'

मन उनका अब भी अपनी यात्रा से नहीं लौटा था। भीतर से आ रही आवाजों से स्पष्ट था भरा-पूरा घर था। वे फिर भी, इस सबसे अलग-थलग, कहीं नितांत अकेले दिख रहे थे।

'बाबा, आप बुरा न माने तो कुछ व्यक्तिगत प्रश्न पूछूं?'

उन्होंने 'हां' में सिर हिला दिया और जैसे सब कुछ समझते हुए मेरी ओर देखने लगे।

मैं विचारने लगी प्रश्नों का क्रम किस सिरे से आरंभ करूं। बाबा ने दो प्रकार से यात्रा की थी संसार से वन की ओर तथा वन से संसार की ओर।

'समझ नहीं पा रही बाबा, बात को कहां से शुरू करूं। बहुत कुछ पूछना चाहती हूं, समझना चाहती हूं। आपको वन से वापस आते देखा है। जंगल में ऐसा क्या हुआ था, जो आप वहां से भी उदासीन होकर लौट आए?'

बाबा सोच में डूब गए। उनके चेहरे पर मानसिक द्वंद्व की रेखाएं खिंच गईं। पल-दो-पल बाद मेरी ओर देखकर बोले, 'तुमने ठीक अनुमान लगाया है। वन में वास्तव में ही कुछ ऐसा हुआ था जो मुझे संसार की ओर वापस ले आया। जितनी यातना मैंने वन में गत छह महीने में सही है, उतनी शायद पूरे जीवन में नहीं सही। घोर व्यथा के दिन थे वे। घोर व्यथा और मानसिक संताप के दिन। ईश्वर ने शायद दंड दिया है मुझे। जो वहां हुआ, वह मात्र एक घटना नहीं थी, एक अनर्थ था, जो मेरे हाथों हुआ। उसका पश्चाताप अब मुझे संसार में रहकर करना होगा। यह जो इस समय तुम्हारे प्रश्नों का उत्तर देने को तैयार हूं, वह भी मेरे प्रायश्चित का ही एक रूप है और स्वयं अपना सामना करने का भी!'

कोई वेदना उनको भीतर ही भीतर मथने लगी और वातावरण बोझिल होने लगा। मैंने उन्हें पुनः वर्तमान की ओर लाने का प्रयास किया।

'अच्छा, बाबा! बाद की बातें बाद में पूछूंगी। अभी तो आप यह बताइए अध्यात्म की ओर आपका झुकाव कैसे हुआ? कौन-सी आयु से?'

'अध्यात्म में रुचि बढ़ी तो सोलह-सत्रह की आयु में थी, परंतु बचपन से ही जीवन के रहस्य अपनी ओर खींचते अवश्य थे, हालांकि उस समय मैं जान

नहीं पाता था कि मुझे क्या होता था।'

'कोई अनुभव सुनाएंगे बाबा?'

वे याद करते हुए बोले, 'हां, जैसे...जैसे मैं एक शाम घर में बैठा था तो मेरा एक मित्र आ गया मिलने। वह कोई दिलचस्प किस्सा सुना रहा था। जाने मुझे क्या हुआ उसकी बात काटकर बीच ही में बोल उठा, 'हरि! तेरी मां ठीक है क्या?' 'क्यों?' वह भौंचक्का-सा मुझे देखने लगा! मैंने कहा, 'जा, शीघ्र घर लौट जा। तेरी मां मरनेवाली है।' वह तिलमिलाता हुआ चला गया। प्रातः उठते ही समाचार मिला कि रात को दिल का दौरा पड़ने से उसकी मां की मृत्यु हो गई।

कुछ रुककर वे बोले, 'इसी प्रकार की छोटी-मोटी घटनाएं होती रहतीं। उस समय मेरी आयु बारह-तेरह वर्ष से अधिक नहीं थी। मां और पिताजी भरसक प्रयत्न करते कि मैं घर आए किसी मेहमान से अधिक बात न कर पाऊं। मां बहुत डांटती, 'जो बोलता है, कुछ सोचकर बोलाकर, जो भी अलाबला मन में आती है, बोल देता है।' लेकिन मेरी तो आयु ही ऐसी थी कि अपने पर संयम कठिन था। किसी को कह देता तुम्हारी व्यापार में भारी हानि होनेवाली है, किसी को कह देता कि तुम्हारी बेटी का ब्याह होते-होते रह जाएगा। आश्चर्य तो इस बात का था कि सब कुछ ही दिनों के अंदर सच हो जाता।'

मेरे लिए ऐसी बातें एक नवीन अनुभव थीं। मैं विस्मित हो बाबा को देखती रही। वे ही पुनः बोले, 'इस प्रकार की कई छिटपुट बातें होती रहीं। मैंने अपना मार्ग दो-तीन वर्ष पश्चात पहचाना और धीरे-धीरे उस ओर बढ़ने लगा। बड़ी कठिन तपस्या थी संसार में रहकर, सब सामाजिक कर्म करते हुए भी अपने को कहीं अछूता रखना। मैंने इस राह पर धीरे-धीरे चलते हुए भी अपनी पढ़ाई पूरी की। शादी-ब्याह, बच्चे सब कुछ इसी बीच हुए।'

'यह सब संभव कैसे हुआ बाबा? क्या कभी कोई मार्गदर्शक भी मिला?'

'हां, एक साधु मिले थे। उन्हीं के कारण मैं अपना मार्ग पहचानकर उसका चुनाव कर पाया। उन्हीं के पथ-प्रदर्शन के कारण मैं अपनी कठिन तपस्या को निभा भी पाया। बहुत पुरानी बात है, कॉलेज में द्वितीय वर्ष आरंभ ही हुआ था कि मैं अपने कुछ मित्रों के साथ लंबी पदयात्रा पर निकला। हम रानीखेत की ओर चल पड़े। लड़कपन था। एक-एक झोला कंधे पर लटकाया और चल दिए। जहां कुछ मिल जाता, खा लेते। जहां जी चाहता, रुककर विश्राम कर लेते। दो दिन बाद मेरे दूसरे साथी वापस जाने के लिए कहने लगे, परंतु मेरा मन नहीं था। ऐसा

आभास होता था जैसे कोई अनजानी शक्ति मुझे लगातार अपनी ओर खींच रही थी। जी चाहता था चलता चला जाऊं, चलता चला जाऊं और दूर पहाड़ों और जंगलों में खो जाऊं। साथियों के साथ तय हुआ कि अगले दिन भोर होते ही घर लौट चलेंगे।

'उस रात मुझे एक अद्‌भुत स्वप्न आया। मैंने देखा कि मैं आगे और आगे बढ़ता जा रहा हूं, अकेला ही। चलते-चलते एक ऐसे स्थल पर पहुंचा, जहां चारों ओर बड़े-बड़े घने पेड़-ही-पेड़ थे। उन्हीं पेड़ों के नीचे एक लंबे-ऊंचे साधु बाबा खड़े थे, जो मुझे हाथ से संकेत करके अपनी ओर बुला रहे थे। मैं उनकी ओर बढ़ने लगा। चलते-चलते क्षणभर रुककर उनकी ओर रेखा। उनकी आंखें आकाशदीप की भांति चमक रही थीं। मैं उनकी आंखों से खिंचता हुआ उनकी ओर बढ़ता गया, बढ़ता गया। जैसे ही मैं उनसे दो गज के अंतर पर रह गया, मेरी आंखें खुल गईं। शेष रात मैं सो नहीं पाया। सुबह मित्रों से मिन्नत की कि एक दिन और थोड़ा आगे चलते हैं, फिर लौट पड़ेंगे। सो, एक दिन और हम लोग धूप-छांव में भटकते रहे, कहीं कुछ नहीं हुआ। मैं निराश होने लगा। शाम घिरी तो हम लोग थकान मिटाने के लिए पेड़ों की छाया में बैठ गए।'

'सहसा मेरी दृष्टि एक साधु-बाबा पर पड़ी, जो पेड़ों के झुरमुट में से हम लोगों की ओर बढ़े चले आ रहे थे। जब दूरी कुछ कम हुई तो उनका चेहरा साफ नजर आने लगा। मैं स्तंभित रह गया। ठीक मेरे स्वप्न में दिखाई देनेवाला चेहरा। वह कद-काठी, वही चमकती आंखें। पंद्रह-बीस फुट के अंतर पर वे रुक गए और हमारी ओर देखने लगे। क्षणभर बाद उन्होंने हाथ के इशारे से मुझे बुलाया। मुझे तो प्रतीक्षा थी ही इसी क्षण की। झटके से उठ खड़ा हुआ और उनकी ओर भागा। जैसे ही मैं उनके समीप पहुंचा, वे यकायक घूमकर दूसरी दिशा में चलने लगे। मैं उनके पीछे हो लिया। मेरे साथियों की नजर से ओझल होते ही वे रुक गए। मेरी ओर मुड़े और मुस्कराए।

'घबराओ मत युवक! तुम पर ईश्वर की विशेष कृपा है। ईश्वर के आदेश से ही मैं इस निर्जन स्थान पर तुम्हें ढूंढ़ता हुआ आया हूं। जो अलौकिक शक्ति तुममें है, उसका विकास करना आवश्यक है।'

चाहते हुए भी मेरे मुख से स्वर नहीं निकल रहा था। वे पुनः बोले, 'तुम्हें आगामी कुछ दिनों के भीतर होनेवाली घटनाओं का पूर्व ज्ञान हो जाता है न? तुम्हें

यह भी अनुभव होता है और जैसे कोई अनदेखी, अनजानी शक्ति तुम्हें निरंतर अपनी ओर खींच रही है, है न?'

'जी, बाबा!' मैं कठिनाई से कह पाया।

उन्होंने दोबारा पूछा, 'कभी-कभी मन चाहता है सब कुछ त्यागकर पर्वतों पर चले जाओ, वनों में खो जाओ?'

मैंने स्वीकृति में सिर हिला हिलाया।

'उसका अभी समय नहीं आया। जाओ पहले अपने शहर वापस जाकर स्वामी पूर्णानंद से योग की संपूर्ण शिक्षा ग्रहण करो। उसमें ही कई वर्ष लग जाएंगे। एक मंत्र तुम्हें देता हूं। उसका जाप कल से ही आरंभ कर दो। अध्यात्म का मार्ग अपने-आप तुम्हारे सामने खुलता चला जाएगा।'

मैंने जेब से पेन और कागज निकालकर मंत्र तथा स्वामी पूर्णानंद का पता लिखा। डरते-डरते बाबा से पूछा, 'और आपसे पुनः कब और कहां मिल सकूंगा?'

'मैं आज से पूरे एक माह बाद स्वयं तुमसे मिलूंगा और जब-तब मिलता ही रहूंगा। अभी मैं इस वर्ष संसार में रहूंगा।'

उन्होंने आशीष देने के लिए मेरे सिर पर हाथ रखा। एक सिहरन मेरे पूरे शरीर में दौड़ गई। वे बोंले, 'जाओ, परमात्मा तुम्हें सफल करे। तुम्हारा मार्ग प्रशस्त हो, लेकिन याद रखना संसार का त्याग अभी तुम्हारे लिए नहीं है। सब सांसारिक कार्य करते हुए ही तुम्हें अपने पथ पर आगे बढ़ना है। जाओ अब अपने मित्रों के पास लौट जाओ।'

मैं धीमे कदमों से वापस हो लिया। मेरी पीठ पीछे जैसे एक हजार चुंबक मिलकर मुझे अपनी ओर खींच रहे थे। कुछ आगे जाकर मुड़ा, साधु-बाबा को देखने के लिए। वे कहीं नहीं थे। मैं मित्रों के साथ वापस घर की ओर चल पड़ा, परंतु अपने और उनके बीच कोई संबंध, कोई तालमेल नहीं लग रहा था मुझे। केवल मेरा शरीर उनके साथ चल रहा था।'

'नैनीताल पहुंचते ही मैंने स्वामी पूर्णानंद से संपर्क किया और उनसे योग की शिक्षा लेनी आरंभ की।'

इतना कहकर बाबा चुप हो गए।

'वे साधु फिर कभी मिले आपको?' मैंने कुरेदा।

'हां! जैसा उन्होंने कहा था, वे पूरे एक माह के पश्चात् मुझे अपने ही शहर में मिले। एक शाम मैं देर तक झील के किनारे बैठा उन्हें ही स्मरण कर रहा था

कि वे अचानक प्रकट हो गए। तत्पश्चात मेरी कठिन परीक्षा आरंभ हुई। वे दो वर्ष इसी क्षेत्र में घूमते रहे। इन दो वर्षों में लगभग आठ-दस दिन बाद वे मुझे कहीं-न-कहीं मिल जाते। मिलने का कोई समय निर्धारित नहीं था। जब भी मिलते, मेरी प्रगति का अनुमान लगाते, दर्शन पर व्याख्यान देते और कठिन-से-कठिन नियम मेरे लिए बांधते चले जाते। छोटी आयु में ही मेरे लिए जीवन के सुखों की सीमा अंकित हो गई, जिसको लांघना मेरे लिए वर्जित था।'

अचानक बाबा वर्तमान में लौट आए और मेरे लिए चाय मंगवाई। कुछ देर वे मेरे जीवन और काम के विषय में बात करते रहे। विदा मांगने से पहले मैंने कहा, 'मेरे सभी प्रश्नों का समाधान अभी नहीं हुआ, बाबा! अभी बहुत कुछ जानना है मुझे।'

'मैं जानता हूं, बेटी! जब तक यहां हो, मिलती रहो।'

उन्होंने मुझे अगले दिन फिर आने को कहा और यह आश्वासन भी दिया कि अपने जीवन के विषय में मेरे प्रत्येक प्रश्न का उत्तर देते रहेंगे।

1 मई, 1971

आज शाम को बाबा से मिलने का समय तय था। मेरे पहुंचते ही उन्होंने चाय मंगवाई और स्वयं ही प्यालों में उंड़ेलते हुए बोले, 'तुम चिंता न करो, बेटी! जब तक तुम दिल्ली वापस पहुंचोगी, तुम्हारे दफ्तर की हलचल कुछ सीमा तक ठीक हो चुकी होगी। एक महीने के अंदर ही तुम्हारी पदोन्नति भी हो जाएगी।'

सुनकर पुलक-सी हुई।

'आश्चर्य है, बाबा! आप भविष्य भी पढ़ लेते हैं और सामने बैठे व्यक्ति का मन भी। मैं वास्तव में अपने दफ्तर की कुछ बातों को लेकर चिंतित हूं।'

कुछ ही क्षण बाद, बात घूम-फिरकर एक बार फिर बाबा के अतीत के आसपास घूमने लगी। वे बताने लगे, 'साधु बाबा तथा स्वामी पूर्णानंद ने जो मंत्र तथा अभ्यास आदि सबसे पहले करवाए, उनसे मेरी एकाग्रता बढ़ने लगी। इससे दो लाभ हुए। एक तो चिंतन-मनन में मन लगने लगा और दूसरा यह कि मैं कॉलेज की पढ़ाई में आगे रहने लगा। अपनी कक्षा, अपने कॉलेज में प्रथम स्थान प्राप्त करने लगा।'

मैंने टोका, 'आप अपने छात्र जीवन की बात कर रहे हैं बाबा! क्या कॉलेज में कभी कुछ ऐसा हुआ, जिसका आपके समूचे जीवन पर प्रभाव पड़ा हो? कोई

ऐसी मित्रता? कोई ऐसा संबंध? मेरा अर्थ है कोई...कोई...?'

बाबा खुलकर हँस पड़े, 'तुम्हारा आशय है कोई प्रेम-प्रसंग, ठीक?'

मैं भी झेंपकर हँसने लगी। वे बताने लगे, 'एक तरह से प्रेम-प्रसंग ही था। साधु बाबा के कारण मैं शीघ्र ही होश में आ गया। मेरे साथ ही एम.ए. प्रथम वर्ष में एक लड़की पढ़ती थी—माया। देखने में सुंदर और बरसाती नदी-सी चंचल। पता नहीं क्यों वह लड़की मेरे मन-मस्तिष्क पर छाने लगी। एक शाम उसे झील पर घुमाने ले गया। अंधेरा घिरने लगा तो उसे एकांत में ले जाकर उसका हाथ पकड़कर प्रेम व्यक्त करने लगा। वह छलछलाती-सी सुनती रही। तभी जैसे सांप ने डस लिया मुझे। दूसरे छोर से साधु बाबा चले आ रहे थ। मैं पसीने-पसीने होने लगा। लड़की का हाथ झटके से छोड़ दिया और उसे शीघ्र ही वहां से चले जाने को कहा। वह कुछ समझी तो नहीं, परंतु मेरे व्यवहार से डरकर चली गई। मैं जड़वत् वहीं खड़ा रहा। साधु बाबा मेरे पास आकर बोले, 'यह तू क्या कर रहा है, नादान लड़के? यह सब तेरे लिए वर्जित है। मेरे सामने शपथ ले फिर कभी पर नारी देह को नहीं छुएगा।'

मैंने उसी समय उनके सामने शपथ ग्रहण कर ली। बहुत से जलते प्रश्न मेरे होंठों पर आकर रुक गए। कई दिन मन-ही-मन उन प्रश्नों से जूझता रहा, उनका समाधान खोजता रहा। सफल नहीं हो पाया तो आदर्श प्रेम के स्वप्न को विवाह के साथ जाड़ लिया। संसार से भिन्न, एक अभूतपूर्व जीवन-संगिनी पाने की आशा ने मन में जन्म लिया। साधु बाबा ने पुनः कभी न इस विषय में कुछ कहा, न पूछा।

'उस लड़की का क्या हुआ, बाबा?' मैंने उत्सुकतावश पूछा।

वे मुस्कराकर बोले, 'वही जो होता है। एम.ए. की परीक्षा होते ही उसका दिल्ली के किसी घराने में विवाह हो गया।'

'क्या उसके बाद वह कभी मिली आपसे।'

'हां, उसके ब्याह के चार-पांच वर्ष पश्चात दिल्ली में ही देखा था उसे। बहुत मोटी हो गई थी। जिस सौंदर्य को देखकर में फिसल रहा था, वह कहीं दिखाई नहीं दिया। जाने क्यों, वह कुछ असभ्य, गंवार-सी भी लगी।'

'फिर तो शायद जो हुआ, वह ठीक ही हुआ, बाबा! आप तो इतने सुसंस्कृत हैं। उसका और आपका साथ कहीं गलत होता।'

बाबा कुछ सोचते हुए बोले, 'वह सच में ही माया थी, एक प्रकार की छलना। मैं फंसता-फंसता बच गया था। कम-से-कम उस समय तो मैंने अपने आपको सौभाग्यशाली ही माना था।'

मैंने हिचकते-हिचकते हुए प्रश्न किया, 'क्या उसके बाद कोई महान प्रेम जीवन में आया? ऐसा जो जीवन के भी परे का प्रतीत हो?'

'आया तो, परंतु मैं निर्लिप्त संन्यासी, अपने तपस्वी होने के अहम् में समय रहते उसे पहचान नहीं पाया।'

इतना कहते हुए बाबा अनमने हो उठे।

'खैर! वह भी बताऊंगा, लेकिन आज नहीं, अगली बार।

कहानी एक नया तथा दिलचस्प मोड़ ले चुकी थी। मैं अगले दिन की राह देखती हुई उनके घर से वापस आ गई।

2 मई, 1971

कल रात दर तक सो नहीं पाई। बाबा अपने कॉलेज के दिनों में कैसे रहे होंगे, माया उन दिनों कैसी लगती होगी, उसको लेकर बाबा के मन में कैसे-कैसे भाव आते-जाते रहते होंगे, यही सब सोचती रही। अनंतः कल्पना के घोड़े दौड़ते-दौड़ते थककर सो गए।

सुबह उठकर जो पहला विचार मन में आया, वह यही था कि शाम को बाबा से मिलना है। घूमते, पढ़ते, लिखते, जैसे-तैसे दिन बीता और मैं एक बार फिर बाबा के समीप बैठी, उनकी जीवन-कथा के एक और टुकड़े को ध्यान से सुन रही थी।

'पढ़ाई समाप्त होने पर मुंबई में एक अच्छी-सी कंपनी में नौकरी मिल गई मुझे। मैं बंबई चला गया। साधु बाबा तब तक अल्मोड़ा जा चुके थे। मैं हर वर्ष एक माह की छुट्टी लेता। आधी नैनीताल तथा आधी बाबा के पास बिताता। बाबा का मैं प्रिय था। मेरी मानसिक शक्ति असाधारण रूप से विकसित हो चुकी थी। एक बार पांच-सात लोग हमारे घर खाने पर आए। मैंने उन पर एक प्रयोग करना आरंभ कर दिया।'

'क्यों अंकल, अमित को लेकर बहुत चिंतित हैं न आप? पढ़ता-लिखता नहीं ठीक से।'

गुप्ताजी इतना सुनते ही अचकचा से गए। बोले, 'हां-हां, बेटा! सही अंदाज लगाया तुमने।'

'बेलाजी, आप इस समय किसी दूसरी दुनिया में ही हैं, परंतु इस राह पर केवल सर्वनाश है।'

बेलाजी सारी शाम कुछ बोल नहीं पाई। उनके चेहरे पर रंग आते-जाते रहे। मेरा प्रयोग सफल हो रहा था तथा मेरा अहम बढ़ा। लोग बहुत प्रभावित होने लगे मुझसे।

अगली बार गुरुजी (साधु बाबा) से मिला तो उत्साह से उन्हें अपनी नई उपलब्धि के विषय में बताने लगा तो वे एकदम क्रोधित हो उठे।

'मूर्ख अपने अहम को लगाम दे, तू क्या ईश्वर बनने चला है, जो सबके अंतर्मन में भी झांक लेना चाहता है। कहे देता हूं, इसका परिणाम अच्छा नहीं होगा।'

मैं घबरा गया। गुरुजी के सामने सिर झुकाए खड़ा रहा। ठीक ही था, साधना के मार्ग पर अहम का क्या स्थान।

इतना कहकर बाबा चुप हो गए। मैंने ही कुरेदा, 'उस समय के अपने व्यक्तिगत जीवन के विषय में कुछ और बताइए, बाबा! आपका विवाह कब और किस प्रकार हुआ। वैवाहिक जीवन और आध्यात्मिकता, दोनों का सामंजस्य कैसे हो पाया?'

बाबा कुछ देर सोच में डूबे बैठे रहे। उनकी आंखें अथाह सागरों को अपने में समाए मुझसे परे दीवार पर टिकी रहीं। वे वर्षों का अंतराल लांघकर कहीं बहुत पीछे चले गए थे। जीवन के विविध रंग उनकी आंखों में तैरने लगे। मुझे प्रश्न दोहराने का साहस नहीं हुआ। कुछ क्षण यूं ही अतीत में डूबते-उतराते वे बोले, 'मेरा विवाह तो माता-पिता ने निश्चित किया था, जैसा उन दिनों चलन था। मैं बंबई में था कि एक दिन पिताजी का पत्र मिला। पत्र में लिखा था कि वे मेरा विवाह अपने एक मित्र की इकलौती बेटी से करना चाहते थे। लड़की उन्होंने देख रखी थी, अच्छी थी। घराना हर प्रकार से हम लोगों के योग्य था। लड़की के पिता लड़की दिखाने के लिए तैयार थे, अन्यथा उसका चित्र भेजा जा सकता था। उस जमाने में ऐसा ही हुआ करता था, बेटी! मैं पत्र पाने के बाद सप्ताह भर सोचता रहा। संबंध अस्वीकार करके माता-पिता को निराश करने का कोई विशेष कारण समझ में नहीं आया। मैंने अपनी स्वीकृति भेज दी। लड़की देखने-दिखाने की कोई

बात नहीं की। संभव है कुछ वर्ष पश्चात यह बात उठी होती तो मैं इतनी आसानी से 'हां' न कर देता। जीवनसाथी की कोई पक्की तस्वीर बन चुकी होती मन में। बहरहाल, लड़की का एक चित्र मुझे भेज दिया गया। एक साधारण चेहरा, बिना किसी विशेष चमक के।'

सात-आठ महीने के भीतर ही मेरा विवाह हो गया। मेरा मन एक नए प्रकार के कर्तव्यबोध से भर गया। पति-पत्नी का संबंध पवित्र व अनूठा होता है, यह मैं सदा से मानता आया था। विवाहोपरांत मैंने इस संबंध को एक अलग ही ऊंचाई पर प्रतिष्ठित कर दिया। निश्चत किया कि इस संबंध पर कभी कोई खरोंच नहीं आने दूंगा। जीवन का कोई सत्य इसे मैला नहीं कर पाएगा। पत्नी के प्रति अत्यधिक सुरक्षा-भावना मेरे मन में घर कर गई। आरंभ से ही लगने लगा कि उसके प्रति कोई विशष दायित्व निभाना है मुझे।

विवाह से चार दिन पहले गुरुजी आए। यह पहली और अंतिम बार था कि वह हमारे घर आए। जितनी देर रहे, मुझे गंभीर, उदास आंखों से देखते रहे। कुछ विशेष बात नहीं की। केवल इतना कहा, 'यह भी तेरी परीक्षा है बेटा! परंतु मुझे पूर्ण विश्वास है कि तू सब कुछ निभा ले जाएगा।' वे तो चले गए, किंतु उनके शब्द सुनकर मेरे भीतर एक सन्नाटा छा गया रातभर। उसके बाद फिर कभी मेरी गुरुजी से भेंट नहीं हुई।

'खैर, विवाह हो गया। जवानी के दिन थे। किसी विशेष आकांक्षा को पलने ही नहीं दिया था मन में। इससे कोई अभाव नहीं खला मन को। यौवन की आवश्यकताएं शायद वैसे भी एक स्तरीय ही होती हैं। जीवन एक सीधी-सपाट पटरी पर चलने लगा। लगभग चार वर्ष बंबई में ही व्यतीत हो गए। फिर पिताजी ने वापस नैनीताल बुला लिया। हम लोगों के फार्म हैं रानीखेत में। नैनीताल में भी काफी संपत्ति है। पिताजी चाहते थे नौकरी छोड़कर, मैं यह सब संभाल लूं। महानगर का कोलाहलभरा जीवन मुझे भी विशेष पसंद नहीं था। पहाड़ां और वनों में लौट जाना चाहता था। नौकरी से त्यागपत्र दिया और चला आया। तब से यहीं हूं, वन में बिताए छह महीनों को छोड़कर।'

'पार्वती, मेरी पत्नी, हर समय मेरे चारों ओर घूमती रहती। मेरी प्रत्येक आवश्यकता तथा सुविधा का स्वयं ध्यान रखती। मेरा कोई काम वह कभी नौकरों के भरोसे नहीं छोड़ती। उसकी यह निष्ठा, यह प्रेम देखकर मैंने अपना आप खुलकर उसे दिया। फिर भी कोई अंश था, जिसे ग्रहण करने में वह असमर्थ थी।

अपनी ओर भी मैं अनुभव करता कि मेरी आत्मा नहीं बढ़ती थी उसकी ओर। इसे मैं अपनी कमी समझता था। वर्षों बाद समझ में आया कि पार्वती जो कुछ मेरे लिए कहती थी, वह प्रगाढ़ प्रेम नहीं, एक असुरक्षा की भावना थी मुझे लेकर।'

सुनते-सुनते मेरे मन में यही विचार कौंधा, 'तुम्हें लेकर किस स्त्री को असुरक्षा की भावना नहीं होगी, हे दिव्य पुरुष।'

बाबा कह रहे थे, 'देखो, गलत मत समझना, बेटी! मेरी पत्नी हर अर्थ में एक अच्छी पत्नी, एक आदर्श गृहिणी है। मेरे पुत्रों के लिए एक बहुत अच्छी मां है। हमारा समाज स्त्री से, इससे अधिक अपेक्षा रखता भी नहीं। स्त्री की हमारे समाज में यही भूमिका निश्चित है।'

अब तक बाबा कुछ-कुछ उखड़ से गए। कहानी का सूत्र हाथ से फिसल रहा था जैसे। मैं समझ गई किसी गहरे अभाव की खाई अभी तक भर नहीं पाई थी। किसी काम का बहाना बनाकर विदा ली ताकि वे एकांत में अपनी स्मृतियों के साथ जूझ सकें।

4 मई, 1971

कुछ स्थानीय पत्रकारों ने कल एक पिकनिक का आयोजन कर डाला। दिनभर उन्हीं के साथ बीता। शाम तक इतनी थक गई कि दोबारा कहीं जाने का मन ही नहीं हुआ, लेकिन पूरी शाम मैं बाबा के विषय में सोचती रही। उनके किस घाव को छू लिया था मैंने। वे मुझे रोक क्यों नहीं रहे थे? कुरेदने से घाव और अधिक दुखेगा, वे जानते थे। फिर क्यों मेरे प्रश्नों के उत्तर दिए जा रहे थे। क्या सच में यह भी उनके प्रायश्चित का ही एक रूप था? इसी उधेड़बुन में कल की शाम और आज का दिन बीता। शाम के पांच बजते ही मैं अपने कागज-कलम समेटकर चल पड़ी उनके घर की ओर। अब तक उनको या मुझको कोई भूमिका बांधने की आवश्यकता नहीं रह गई थी। जहां दो दिन पहले टूटी थी कहानी, वहीं से सीधे, सहज ढंग से पुनः आरंभ हो गई।

'उस वर्ष स्वामी पूर्णानंद ने सूचना दी कि गुरुजी अचानक अल्मोड़ा से भी आगे चले गए हैं। कहां रहेंगे, इस विषय में कुछ भी बताकर नहीं गए। मेरे लिए नैनीताल वापस आने की आधी खुशी तभी मर गई। फिर भी पहाड़ और जंगल इर्द-गिर्द ही थे और यह विश्वास भी कि कभी न कभी तो गुरुजी से भेंट होगी ही।'

'समय के साथ दो पुत्र हुए। पार्वती उनमें उलझी रहने लगी तो मुझे घर में अधिक एकांत मिलने लगा। वैसे भी नैनीताल छोटी-सी जगह है। इसलिए यहां मित्रों तथा परिचितों की संख्या भी कम है। मेरा समय मेरा रहता। इससे पार्वती को भी राहत हुई। बंबई में मैं बहुत लोगों से घिरा रहता था। लोग अपने भविष्य के विषय में कुछ-न-कुछ पूछने के लिए आते रहते थे, विशेषकर महिलाएं। पार्वती कभी-कभी रोष से भर जाती थी। उसे मेरा इस प्रकार लोगों से घिरा रहना अच्छा नहीं लगता था। जब भी कोई बहुत सुंदर अथवा सुसंस्कृत महिला मुझसे मिलने आती, तो वह बेहद क्रोधित हो उठती। मैं बहुत समझाता उसे, परंतु उसके मन में पड़ी गांठ खुल नहीं पाती। सबसे अधिक समस्या उसे अपनी ही छोटी भाभी को लेकर थी, जो उन दिनों बंबई में ही थी। उसके भाई-भाभी मिलने आते तो वह प्रसन्न होने के स्थान पर, तनाव में घिर जाती और किसी-न-किसी बहाने भाभी से उलझ पड़ती।'

'धीरे-धीरे मेरे मन की शांति भंग होने लगी। वर्षों तक मेरे साथ रहने के उपरांत भी पार्वती मेरे स्वभाव, मेरे व्यक्तित्व को पहचान नहीं पाई थी। मेरे कर्तव्य-बोध ने मुझे उसके साथ जोड़े तो रखा, परंतु मैं जो पहले से ही अंतर्मुखी था, और भी अंतर्मुखी होता गया। जीवन के अभाव को मैं अध्यात्म, ध्यान तथा चिंतन-मनन से भरने लगा। बाह्य जगत से खिंचता चला गया। केवल यही ध्यान रखता कि कर्तव्य-पालन या मेरे काम में कोई त्रुटि न रह जाए। शेष बातों से मैं धीरे-धीरे विरक्त हो गया, शीघ्र ही इस प्रकार जीने का अभ्यस्त तो हो गया, परंतु फिर भी कभी-कभी लगता मैं अधूरा-सा हूं। ऐसे में मैं बहुत अकेला अनुभव करता। अपने जैसे किसी साथी के लिए मन तड़पता। इतने बड़े संसार में अपने जैसा कोई नहीं मिला। यही सोचकर संतोष कर लेता कि मेरे लिए कोई अलग ही मार्ग निर्धारित है कि मुझे सांसारिक बंधनों से ऊपर उठकर अपने ईश्वर को पाना है।'

'मेरे कर्तव्य-बोध ने मुझे जीवन में कभी फिसलने नहीं दिया, चाहे कितने भी अवसर आए। समय के साथ पार्वती मेरी मनोवृत्ति के साथ भली-भांति परिचित हो गई तो वह मुझे लेकर आश्वस्त होने लगी। उसकी असुरक्षा की भावना अब भी जागती, परंतु आए दिन नहीं, दो-चार वर्ष बाद। संभल भी शीघ्र ही जाती।'

'रही मेरी बात, तो मुझे अपने आपको साधने में समय तो लगा, परंतु जीवन में कोई विशेष संकट नहीं आया, न सांसारिक स्तर पर, न आध्यात्मिक स्तर पर।'

'हां, गुरुजी से न मिल पाने की पीड़ा मन को सालती रही। मानसिक दुविधा के क्षणों में बहुत तीव्र इच्छा होती उनसे अपनी दुविधा का समाधान करवा लूं। कोई बतानेवाला नहीं था कि वे कहां थे। जब-जब वे बहुत याद आते, दिल बहुत बेचैन हो उठता तो मैं पैदल घूमने चला जाता और सैर करता हुआ बहुत दूर तक निकल जाता। पेड़ों के झुंडों में उन्हें खोजता, वे नहीं मिलते। मैं उन्हीं पेड़ों तले ध्यान व समाधि लगाने का प्रयास करता। धीरे-धीरे इस प्रयास में सफल होने लगा। मन को एक अनूठी शांति मिलती। घर लौटने को मन नहीं करता। प्रायः पार्वती से कहता, 'यदि मैं वन में जाकर रहने लगूं तो?'

'वह अत्यधिक घबरा जाती। मानसिक संतुलन खोने लगती। दो दिन, पहले की तरह मेरे चारों घूमना आरंभ कर देती। मुझे उसके इस व्यवहार से बहुत उलझन होती। अंततः उससे इस विषय में कुछ भी कहना छोड़ दिया। मन रह-रहकर गुरुजी की ओर भागता, परंतु उनका कहीं पता नहीं था।'

'लगभग दो वर्ष व्यतीत हुए होंगे कि एक दिन अचानक समाचार मिला कि गुरुजी ने देह त्याग दी। उस समय वे हरिद्वार में थे। समाचार उनके स्वर्गवास के कुछ दिन बाद मिला। स्वामी पूर्णानंद के किसी परिचित ने उन्हें सूचित किया और उन्होंने तत्काल मुझे बुलवा भेजा। स्वामीजी ने कहा, 'तू बहुत शोक न कर तेरे विषय में कई बातें उन्होंने मुझे बताई थीं, जब मैं पिछले माह उनसे मिलने हरिद्वार गया था। तब उन्होंने मुझे, तुझे यह समझाने के लिए कहा था कि समय से पहले वन जाने की मत सोचना। छोटी आयु से मन को इतना साधा है तो कुछ वर्ष और इस कांटों भरे मार्ग पर चलता रह। परिवार के प्रति अपना पूरा दायित्व निभाकर ही वनवास लेने की सोचना। वैसे भी तेरे भाग्य में संसार में रहकर ही संन्यासी होना लिखा है।'

'मैं वर्षभर बहुत डांवाडोल स्थिति में रहा। मेरे भीतर आंधियां उठती रहीं, परंतु बाहर से जीवन सामान्य गति से चलता रहा।'

जब मेरे दोनों पुत्रों ने कॉलेज में प्रवेश ले लिया तो मैंने सोचा वो बड़े हो गए हैं। मैं मुक्त हो सकता हूं। पार्वती को पूरी तरह गंभीरता से समझाना चाहा, 'देखो पार्वती! मेरे पास इतनी संपत्ति है, इतना पैसा है। यह सब मैं तुम्हारे और तुम्हारे बेटों के नाम किए देता हूं। तुम तीनों मिलकर यह सब संभाल सकते हो। मुझे अब वनवास लेने दो। तुम लोगों को कोई अभाव, कोई कठिनाई नहीं होगी। ईश्वर बार-बार मुझे बुला रहा है। अब मत रोकना मुझे।'

पार्वती बहुत रोई, कलपी और ज्वर से चारपाई पर पड़ गई। उसे स्वस्थ होने में चार दिन लग गए। मुझे लेकर उसकी समस्त शंकाएं, समस्त असुरक्षा एक बार फिर जाग गई और वह बहुत चिड़चिड़ी हो गई। मुझे एक बार फिर दिल पर पत्थर रखना पड़ा। अभी मेरी मुक्ति संभव नहीं थी। जो बंधन स्वेच्छा से बांधे थे, उन्हें जैसे-तैसे निभाना ही धर्म था। पार्वती का या किसी का भी क्या दोष था इसमें?

इतना कहकर बाबा चुप हो गए। जो आंधी कभी उनके भीतर उठती रही होगी, उसकी धूल अब उनकी आंखों में उड़ रही थी। इतनी शांत, सौम्य तस्वीर को कैसे-कैसे तूफानों ने मथा था।

उस शाम मैं बहुत बोझिल मन से उनके घर से वापस आई। बाबा सच कहते थे, जीवन अनेक विसंगतियों से भरा है। अध्यात्म की राह पर वे बचपन से चलने लगे थे, लेकिन उनके लिए दुविधाएं और कठिनाइयां छोटी आयु में नहीं आईं। बढ़ती हुई आयु के साथ ही उनकी समस्याएं बढ़ी थीं।

लिखते-लिखते मेरे हाथ शिथिल होने लगे हैं। बंद करती हूं।

5 मई, 1971

कभी शिथिल, कभी तेज कदमों से बाबा के घर पहुंची। रास्ता भर यही अनुभूति करती रही कि आज बाबा जो बताएंगे, वह उनके जीवन की दिशा बदलनेवाला सत्य रहा होगा।

मेरे पहुंचते ही बाबा ने नौकर को आवाज देकर चाय मंगवाई और बोले, 'आज मैं तुम्हें नेहा के विषय में बताऊंगा बेटी! अपने जीवन के एक ऐसे अनुभव, एक ऐसे सत्य के विषय में, जिसका साधारणतया किसी संन्यासी के जीवन से कोई संबंध नहीं होना चाहिए, होता भी नहीं।'

वे कुछ पल चुप हो गए जैसे भीतर-ही-भीतर अपने-आपको संजो रहे हों। साफ दिख रहा था कि जो वे अब कहने जा रहे थे, उसका उनके जीवन में विशेष महत्त्व था।

'जैसा कि मैं तुम्हें पहले ही बता चुका हूं कि मैं भविष्य पढ़ सकता हूं। इस कारण से अपनी व्यक्तिगत समस्याओं पर परामर्श लेने बहुत से लोग आते रहते हैं मेरे पास। आरंभ से ही लोगों का गहरा विश्वास प्राप्त हुआ है मुझे : प्रायः तो यह होता है कि मुझसे बात करके ही वे आधे तो अपने कष्ट से उबर जाते हैं। मुझ पर इतना विश्वास रखते हैं कि जो परामर्श मैं देता हूं, उसे निभाते भी

हैं। उनके कष्ट काफी सीमा तक दूर हो भी जाते हैं। ईश्वर की कृपा है। समय रहते आ जाते हैं मेरे पास। सब ठीक हो जाता है।'

'नेहा से परिचय भी कुछ इसी प्रकार हुआ। यहीं नैनीताल में मेरे एक मित्र हैं, गिरिजा कुमार। हम दोनों स्कूल के साथी हैं। गिरिजा को मुझ पर अटूट विश्वास और श्रद्धा है। इसीलिए तो इतनी बड़ी दुर्घटना हो जाने पर भी, वह आज भी मेरा मित्र है। उसके स्थान पर कोई और होता तो मुझे कभी क्षमा न करता।'

'आज से लगभग डेढ़ वर्ष पहले की बात है। एक दिन गिरिजा शाम को घर आया। कुछ देर इधर-उधर की बातें करने के पश्चात बोला, 'मेरी पत्नी की एक चचेरी बहन है। कल वह यहां आई है, हवा-बदली के लिए। पीछे बहुत बीमार रही। अब भी विशेष स्वस्थ नहीं लगती है—न तन से, न मन से। एक उदासी उसे हर समय घेरे रहती है—उदासी और निराशा। मालती को उससे बहुत लगाव है। इसलिए शायद वह काफी लंबे समय तक हमारे साथ रहे। मालती उसे तुमसे मिलवाना चाहती है। वह जानना चाहती है कि उसका होना क्या है जीवन में। तुम कहो तो कल शाम मालती उसे ले आए।'

'मुझे भला क्या आपत्ति हो सकती थी। अगली शाम मैंने दूसरे आनेवालों से क्षमा मांगी और उन दोनों की प्रतीक्षा करने लगा। यहीं इसी कमरे में बैठा था। बैठे-बैठे कुछ बेचैनी-सी होने लगी। कुछ समझ नहीं पाया तो उठकर टहलने लगा। जैसे ही कॉल-बेल बजी, मैं लपककर दरवाजे की ओर बढ़ा। उसी क्षण में मैंने दरवाजे के बाहर एक अति सुंदर व संवेदनशील चेहरा देखा, आसमानी रंग में लिपटा हुआ। अपने पर झल्लाते हुए, 'क्या मूर्खता है।' कहकर मैंने दरवाजा खोला। एक पल के लिए मेरी धड़कन रुक गई, वही चेहरा जो मैंने क्षणभर पहले देखा था—अति सुंदर व संवेदनशील। वह आसमानी रंग की साड़ी में लिपटी मालती के साथ खड़ी थी। मैं शायद वर्णन न कर पाऊं, पर सौंदर्य की कमी नहीं इस संसार में, परंतु नेहा एक ऐसे सौंदर्य की स्वामिनी थी, जो केवल आंखों तक सीमित नहीं रहता, मन के भीतर तक उतरता चला जाता है। मालती ने हम दोनों का परिचय करवाया। जिस विस्मय से वह मुझे देख रही थी, अवश्य वही उसे मेरे चेहरे पर भी दिखाई दिया होगा। मैं तो वैसे भी लोगों के चेहरे व मस्तक पढ़ता हूं। नेहा के चेहरे के आसपास मुझे प्रकाश का एक घेरा दिखाई दिया, जो समय की आंधियों से कुछ क्षीण हो गया था। यह घेरा तो पहले बहुत ओजपूर्ण था। पहले इसे कब कहां देखा था मैंने? मैंने अपनी स्मरण-शक्ति पर बहुत जोर डाला। कुछ

भी याद नहीं आया। यही प्रतीत हो रहा था कि किसी सदियों पुराने स्वप्न से निकलकर नेहा मेरे समक्ष आ खड़ी हुई थी। मैं अव्यवस्थित होने लगा। पूरा कमरा जैसे तरंगित हो उठा था। अत्यंत कठिनाई से मैंने स्वयं को संभाला। कुछ क्षण आंखें मूंदकर गुरुजी में ध्यान लगाकर बैठ गया। तूफान गुजर गया तो मालती की ओर प्रश्नसूचक दृष्टि से देखा। उसने कहा, 'भाई साहब, यह मेरी बहन है नेहा, बहुत कष्ट झेला है इसने। इसके भविष्य में क्या होगा, बताइए।'

मैंने मन को एकाग्र किया। इतना तो स्पष्ट देख पाया कि जीवन-भर उसने बहुत यातना सही थी। संसार ने उसे बहुत सताया था। किसी शीतल छांव, किसी सुख की तलाश में उसकी आत्मा दस वर्ष से भटक रही थी। भविष्य के नाम पर केवल इतना ही जान पाया कि उसकी तलाश अब शीघ्र समाप्त होनेवाली थी। कहीं से कोई राहत उसके जीवन में आनेवाली थी। इससे अधिक जानने के लिए ध्यान लगाने का बहुत प्रयत्न किया, बार-बार गुरुजी को भी स्मरण किया, मगर कोई उत्तर नहीं मिला। यही अनुभूति मन को जकड़े रही कि वह मेरे सामने बैठी है। हारकर मैंने मालती से कहा, 'आज कुछ आ नहीं रहा है। कल-परसों तक अवश्य कुछ बता पाऊंगा।'

'मालती और पार्वती एक-दूसरे से परिचित थीं, इसलिए मैंने पार्वती को भी भीतर बुला लिया। नेहा से परिचय होते ही पार्वती उखड़ गई। मैं समझ गया पार्वती कभी इस घर में नेहा का स्वागत नहीं करेगी। पार्वती के व्यवहार से नेहा घबरा गई। उसका आरंभिक विस्मय परेशानी में बदल गया, लेकिन उसकी आंखें हर पल मेरे चेहरे पर टिकी रहीं, कुछ खोजती हुई, कुछ टटोलती हुई। मैं उन प्रश्नों के उत्तर देने में असमर्थ था।'

'उस रात देर तक मैं गुरुजी के चित्र के आगे ध्यान लगाकर बैठा रहा। धीरे-धीरे मन शांत हो गया। अगली सुबह तक मैं नेहा को मन से झटक देने में सफल हो गया। तैयार होकर नाश्ते के लिए खानेवाले कमरे में गया। अभी दरवाजे पर ही था कि देखा पार्वती ने एक चम्मच छोटे नौकर पर दे मारा।'

'यह इतना गंदा क्यों है? ढंग से साफ नहीं कर सकते क्या?'

'आज फिर पार्वती अपने हाथों से मेरा नाश्ता मेज पर लगा रही थी। मेरा दिल डूबने लगा।' मैंने कहा, 'तुम क्यों कष्ट कर रही हो? यह रोज लगा तो देता है मेरा नाश्ता।'

'पार्वती कुछ नहीं बोली। चुपचाप मेरे लिए टोस्ट बनाकर मक्खन लगाने लगी, लेकिन उसके हाथों में प्लेट और छुरी कुछ अधिक आवाज करते रहे। मैं नाश्ता समाप्त करके उठने ही वाला था कि उसने कहा, 'कल वो औरत मुझे बिल्कुल अच्छी नहीं लगी। जाने क्यों मालती उसे हमारे यहां ले आई।'

'मैं क्षणभर ठिठका। नेहा! पार्वती की मनःस्थिति मेरी समझ में आ गई और उसका कारण भी। मैं भरसक यत्न करने लगा कि नेहा से संबंधित कोई विचार मन में न आने दूं। दिनभर लोग आते-जाते रहे तो उसकी ओर ध्यान गया भी नहीं।'

पंद्रह-बीस दिन व्यतीत हो गए। गिरिजा तो दूसरे-तीसरे दिन मिलता रहा, लेकिन नेहा के विषय में उसने कोई बात नहीं की। कभी-कभार मैं थकान मिटाने के लिए आंखें बंद करके चुपचाप बैठ जाता, तो नेहा की आंखें हजारों प्रश्न लिए मेरे सामने उभर आतीं। एक शाम गिरिजा के घर चला गया। कुछ देर बाद मालती और नेहा भी हम लोगों के पास चली आईं। नेहा एक क्षण के लिए दरवाजे पर ठिठकी रही। उस रुके हुए क्षण में उसकी सजल आंखें मुझसे कुछ पूछने लगीं। मैं भी और सबकी उपस्थिति भूल गया। चौंकाया मालती ने, 'देखिए भाई साहब! आज आपको अवश्य नेहा के भविष्य के विषय में बताना होगा।'

नेहा जैसी कांपती हुई, जाने किस बात की प्रत्याशा में सोफे के एक कोने में बैठ गई। मैं अपनी कुरसी से उठा और उसके पास जाकर बैठ गया। एक भरपूर नजर उसके मुख पर डालकर मैंने कहा, 'इतना तो स्पष्ट नजर आ रहा है कि जितनी बीमारी इनको झेलनी थी, झेल ली हैं। अब आगे स्वास्थ्य को लेकर कोई परेशानी नहीं होगी।'

मालती ने पूछा, 'यह कब तक ठीक हो जाएगी।'

'समझ लीजिए कि आज से ही इनके स्वास्थ्य में सुधार आने लगेगा। दो-तीन महीने इन्हें अपने पास ही रखिए। यह ठीक हो जाएंगी।'

'और कुछ?'

'अब कोई चिंता की बात नहीं। सब पीड़ा, सारे कष्ट धीरे-धीरे दूर हो जाएंगे। इनको शीघ्र ही पूर्ण मानसिक शांति प्राप्त होगी, और उस आदमी से छुटकारा भी।'

'मैं अब भी कोई ठोस बात नहीं बता पा रहा था। जाने नेहा को लेकर मुझे क्या हो जाता था। वह स्वयं तो एक शब्द भी नहीं बोलती थी, लेकिन जो भी

प्रश्न पूछना होता था, उसकी ओर से मालती पूछती थी। यूं उसे अपने विषय में कुछ बताने की आवश्यकता भी नहीं थी। उसके जीवन की पूरी व्यथा को मैं पहले ही समझ चुका था। वैसे तो मेरे पास आते ही दुःखी और पीड़ित लोग हैं, लेकिन नेहा के दुःख से मैं स्वयं द्रवित होने लगता। उस शाम अधिकांश समय मैं उसी के पास बैठा रहा। शाम तक मेरी आंखें जितना स्नेह बरसा सकती थीं, उस पर बरसाती रहीं। वह उस स्नेह को आत्मसात् करती रही। मेरा मन उसकी ओर बढ़ रहा था और वह मेरी प्रतीक्षा में थी। उस रात घर जाकर ध्यानस्थ होने के समय नेहा की छवि को मन से परे धकेलने में कठिनाई तो अवश्य हुई, परंतु चित्त फिर से एकाग्र हो गया। मन-ही-मन गुरुजी से क्षमा मांगी। यह इस आयु में मुझे क्या हो रहा था।

'यदा-कदा नेहा से भेंट होती रही। बहुत चाहता उससे सामना न हो, परंतु आठ दिन में एक बार अवश्य वह मिल जाती। होनी थी! उसे कौन टाल सकता था। मालती से ज्ञात हुआ नेहा के स्वास्थ्य में वास्तव में सुधार हो रहा था। उसकी आंखों में दुःख की धूल अब कम उड़ती थी। चेहरे की कोमलता दिन-प्रतिदिन बढ़ रही थी। उदासी का एक घेरा अब भी उसके साथ-साथ चलता था, परंतु यह उदासी शांत, ठहरे पानी की तरह थीं। मुझे वह अब भी वैसे ही देखती थी—एकटक, परंतु उसकी आंखों ने प्रश्न पूछना बंद कर दिया था। वह अपने स्तर पर स्थिति को अपना चुकी थी। मैं ही कोई तादात्म्य नहीं स्थापित कर पा रहा था नेहा और अपने चुने हुए मार्ग के मध्य। वह मुझे अशांत कर रही थी, यह विचार आते ही मैं क्षुब्ध हो उठता। मेरी जीवनभर की साधना को वह इस आयु में छिन्न-भिन्न कर रही थीं।'

'एक रात गिरिजा के घर खाने पर गए हम लोग। बहुत से लोगों को बुला रखा था उसने। जाने कैसे अपने-आपको नेहा के सामने बैठे पाया। उसका चेहरा खिल उठा। उसकी आंखें मुस्कराने लगीं। किसी प्रकार की कोमलता मुझे जकड़ पाए, इससे पहले मैं उसकी ओर मुड़ा और स्वर को कुछ कठोर बनाकर बोला, 'नेहा!'

सोफे की बांह पर रखा उसका हाथ कांप गया। उसने दृष्टि उठाकर मेरी ओर देखा और मेरे मुंह से निकलनेवाले अगले शब्द की प्रतीक्षा करने लगी : प्रतीक्षा के इन क्षणों में जैसे उसकी आत्मा उसकी आंखों में आकर ठहर जाया करती थी। इच्छा हुई उसके कांपते हाथ को थाम लूं। स्वर की कठोरता को

यथासंभव बनाए रखा और कहा, 'तुम्हारा मन आजकल भटक रहा है। कोई कल्याण नहीं होगा इससे।'

नेहा की मुस्कराती आंखें बुझ गईं और मेरे पांवों के पास धरती पर गड़ गईं। रह-रहकर उसकी देह में हल्का-सा कंपन होने लगा। न चाहते हुए भी मैं उस पर अन्याय करते हुए कहता गया, 'तुम्हारे लिए मन की शांति इच्छाओं का दमन करके ही प्राप्त होगी। किसी अद्‌भुत सुख की कामना न करो, यही भाग्य में लिखा है!'

'याचना में भीगी हुईं आंखें मेरी ओर उठीं।'

'उसी एक पल में मैंने उसकी आत्मा को घायल होते देख लिया, उसके रोम-रोम का रुदन सुन लिया। फिर भी उसकी दृढ़ इच्छाशक्ति ने उसे पूरी शाम अतिथियों के बीच बैठाए रखा। मेरा मन फिर पिघलने लगा उसकी ओर।'

'घर पहुंचते ही मैंने संकल्प किया कि फिर कभी ऐसी दुर्बलता को मन पर नहीं छाने दूंगा। एक बार गुरुजी के सामने शपथ ली थी। जीवनभर उस शपथ को निभाने में कोई कठिनाई नहीं हुई। जिस आयु में मन चंचल रहता है, उस आयु में भी कभी पर नारी की ओर ध्यान नहीं गया। अब जबकि वन जाने का समय हो रहा था तो मेरा हृदय संयम खो रहा था। उस रात पूजा पर बैठने से पहले मैंने निश्चय किया कि भरसक नेहा के सामीप्य से बचने का यत्न करूंगा। एक और वचन किया अपने से...शीघ्र-से-शीघ्र पूर्ण संन्यास लेकर वन में चला जाऊंगा और हर मोह, हर प्रलोभन को नकार दूंगा। जीवनभर की तपस्या और साधना को अकारथ नहीं जाने दूंगा। विश्वास था कि अब पार्वती की सहमति पाना भी दुष्कर नहीं होगा। दोनों पुत्र कामकाज संभाल रहे थे। उनके विवाह भी हो चुके थे। पार्वती के प्रति दोनों अपना दायित्व निभाएंगे, इसमें मुझे कोई संदेह नहीं था।'

'उस रात मैं दो घंटे पूजा पर बैठा रहा। मन स्थिर नहीं हुआ। एक ही प्रश्न मन-मस्तिष्क को झिंझोड़ता रहा।' 'पर नारी क्या क्या अर्थ? और क्या केवल सामाजिक स्तर पर विवाह हो जाने से ही कोई मन-प्राण का साथी भी हो जाता है?' आत्मिक स्तर पर पार्वती और मेरे मध्य सदियों की दूरियां थीं। नेहा कहीं बहुत समीप से छूती थी मुझे। मेरे जीवन में वह पहली स्त्री थी, जो मुझे अपने जैसी लगती थी। एक ऐसी स्त्री थी जो मुझे मानसिक, शारीरिक, भावनात्मक तथा आत्मिक, प्रत्येक स्तर पर आकर्षित करती थी। कैसी विडंबना थी कि मुझे उसी

का त्याग करना था। मेरे अधीर मन का एक भाग मुझे कचोटता, 'तुम्हारे वन जाने के बाद उसका क्या होगा? तुम तो इतने वर्षों के अभ्यास से मन को साध चुके हो, वह कैसे संभालेगी अपने को?' कोई क्रूरता थी मेरे अंदर जो कहती, 'संभालना तो पड़ेगा ही। सांसारिक सुखों का परित्याग करनेवाले से आस लगाएगी तो जोगन तो बनना ही पड़ेगा न।' मेरे भीतर से फिर प्रश्न उठता, 'आयु देखी है उसकी? तुमसे अठारह-बीस वर्ष छोटी है।' मैं अपने ही आगे निरुत्तर हो जाता। मात्र मुझसे मिल लेने के बाद जो संभल रही थी, वह मेरे जाते ही दोबारा किन अंधेरों में घिर जाएगी, इसकी कल्पना भी मैं नहीं करना चाहता था। आखिर मेरा-उसका क्या संबंध था, जो मैं उसकी चिंता करता। संसार में केवल एक ही स्त्री थी, जिसका दायित्व मुझ पर था—पार्वती। उस दायित्व को मैंने जीवनभर पूर्ण निष्ठा से निभाया था। अब वन जाने के लिए भी केवल उसी की स्वीकृति की आवश्यकता थी। अपने साथ इसी प्रकार तर्क-कुतर्क करके मैंने अपने हृदय में नेहा के प्रति उठती प्रत्येक कोमल भावना को दबा दिया।'

'कई दिन मानसिक द्वंद्व में कट गए। एक दिन दिल को कड़ा करके पार्वती से बात कर ही ली, 'पार्वती, यह मेरे जीवन का अंतिम चरण है। ईश्वर फिर मुझे बुला रहा है। इस बार मुझे वन जाने से न रोकना। परिवार अपने पैरों पर खड़ा हो चुका है। तुम्हारे बेटे नेक हैं। तुम्हारी देखभाल में कमी नहीं रखेंगे। मुझे इस दायित्व से मुक्त करो। मैं अब पहाड़ों या जंगलों में समाधि लगाकर ईश्वर तक पहुंचना चाहता हूं।'

'पार्वती चुप रही। पहले की भांति न रोई, न कलपी, न रुष्ट हुई। यह अच्छा लक्षण था। मैं समझ गया अब उसकी ओर से कोई तूफान न उठेगा। अपने भविष्य के प्रति वह आश्वस्त थी। अपना निर्णय दोनों बेटों को सुना दिया।'

'मेरा जाना निश्चित हो गया। समझ में नहीं आ रहा था गिरिजा से कैसे कहूं। वास्तविक समस्या उससे कहने की नहीं, नेहा को सूचना देने की थी। आखिर एक दिन अवसर मिल ही गया। हम दोनों सपरिवार झील पर घूमने चले गए। नेहा उस दिन बहुत अनमनी-सी दिख रही थी। मेरे अंदर एक टीस उठने लगी। कैसे पहुंचाऊं इस तक अपनी बात? सच में क्या होगा इसका मेरे जाने के बाद। मन को एकाग्र करके इस प्रश्न का उत्तर खोजने का बहुत प्रयास किया, मगर शून्य के अतिरिक्त कुछ भी हाथ नहीं आया। क्यों उसके नाम पर प्रकाश का कोई बिंदु दिखाई नहीं देता था?'

सोचा जो काम करना है, वो तो करना ही है। मन को किसी प्रकार वज्र बनाकर गिरिजा को संबोधित करके कहा, 'कुछ दिनों से एक बात कहना चाह रहा हूं तुमसे गिरिजा। मैंने...मैंने संसार का त्याग करके वनवास लेने का निर्णय कर लिया है।'

'क्या कह रहे हो तुम?' गिरिजा हतप्रभ था। सभी स्तब्ध रह गए। कई क्षण चुप्पी का घना कोहरा छाया रहा। नेहा की ओर देखने का मेरा साहस नहीं हो रहा था। सबके सामने मैंने उसे अपने-आपसे जूझने के लिए छोड़ दिया था। वातावरण अत्यंत बोझिल हो गया। हवा थम गई। सब लोग अलग-अलग टहलने लग गए, अपने-अपने कवच में बंद होकर। मालती पार्वती के साथ हो ली। नेहा की ओर न किसी का ध्यान गया, न ही उसकी उपस्थिति का किसी को होश रहा। मैं उसके साथ चलने लगा। एक किनारे जाकर वह एक पत्थर पर बैठ गई। मैं उसके सामने खड़ा हो गया। उसका सफेद, विवर्ण चेहरा इस धरती का नहीं लग रहा था। मैं भीतर तक हिल गया। फिर दृढ़ संयम से बोला, 'अपने को संभालो नेहा। मैं तो बचपन से ही एक प्रकार का संन्यासी रहा हूं। पिछले जन्म का कोई ऋण चुकाना था शायद, जो विवाह कर बैठा। इसलिए मेरी मोक्ष प्राप्ति में इतना विलंब हुआ है।'

दृष्टि मेरे पैरों पर टिकाकर उसने उत्तर दिया, 'मैंने तो कभी कुछ नहीं कहा आपसे।' उसके स्वर में कंपन था।

'मेरी ओर देखो नेहा! बाकी लोग आते ही होंगे इधर को। अधिक समय नहीं है बात करने का।'

अपने अश्रु भरसक रोकते हुए उसने ऊपर देखा।

'मुझे अपने साथ वन चलने की आज्ञा दे दो, मैं सदा दूर-दूर रहूंगी। तुम्हारे सामने भी अधिक नहीं पड़ूंगी।'

'मन से इस भावना को निकाल दो, इसी में सबका कल्याण है।'

'मैंने पूरा जीवन गंवाने के बाद तुम्हारे दर्शन पाए हैं। तुम्हारे होने में ही मेरा सुख है। मुझे और कुछ नहीं चाहिए। केवल देख पाऊं तुम्हें।'

उसका भीगा स्वर मुझे भी भिगोने लगा। मेरे लिए इस स्थिति में उससे बात करना असंभव था। वह कह रही थी, 'संसार का कल्याण करनेवाले मेरे साथ ही न्याय क्यों नहीं कर पाए तुम?'

इससे पहले कि पैर डगमगाएं, मैं तेज कदमों से चलता हुआ गिरिजा के पास पहुंच गया। वह बिना मेरी ओर देखे बोला, 'इसे तुम्हारे जाने से बहुत बड़ा आघात लगेगा।'

मैं और गिरिजा झील के किनारे-किनारे चलने लगे। नेहा देर तक उसी प्रकार बैठी रही। शाम का घिरता अंधेरा, झील का किनारा, छोटे-छोटे घेरों में फैला बिजली का प्रकाश और पत्थर पर बैठी एक अकेली सुकुमार काया। क्यों वह मुझे इतनी अपनी लगती थी? ईश्वर ने कैसी परीक्षा में डाल दिया था मुझे। मन की इस दुविधा का समाधान किस प्रकार हो।

बाबा बोलते-बोलते थककर चुप हो गए, जैसे भीतर-ही-भीतर आज भी उन प्रश्नों के उत्तर खोज रहे हों। एक सन्नाटा छा गया आसपास। रातभर अपने भीतर भी मुझे एक सन्नाटा सुनाई देता रहा, जो चिल्ला-चिल्लाकर कह रहा था, 'बाबा जाने कब से इससे भी भयंकर सन्नाटे में जी रहे हैं।'

6 मई, 1971

आज बाबा को देखकर प्रतीत हो रहा था जैसे वह युगों से सोए नहीं। युगों से जगी बोझिल आंखों में लाल डोरे खिंचे थे। मेरा मन नहीं हो रहा था कि उनसे कहानी आगे बढ़ाने का आग्रह करूं। उन्होंने स्वयं ही सूत्र जोड़ना आरंभ किया।

'लंबी कहानी को छोटी करके कहता हूं बेटी! वन की ओर प्रस्थान करने में मुझे दो-तीन महीने लग गए। व्यापार संबंधी कागजी कार्रवाई करने में काफी समय लग गया। इस बीच पार्वती को मैंने समझा दिया, 'पार्वती बुरा मत मानना, मैं अब किसी दिन भी बिना बताए निकल पड़ूंगा। किसी भी प्रकार की हलचल न हो, परिचितों की भीड़ न एकत्रित हो जाए, इसीलिए तुम्हारे नाम एक छोटा-सा पत्र छोड़कर चला जाऊंगा। जिस दिन मुझे न पाओ, समझ लेना मैं सब बंधनों को काटकर चला गया।'

'पार्वती रो तो पड़ी, मगर कोई कोहराम उसने नहीं मचाया। विश्वास करना कठिन था कि यह वही पहले वाली पार्वती थी।'

'एक रात सो रहा था कि स्वप्न में गुरुजी दिखाई दिए। जिस कुंज में वे मुझे पहली बार मिले थे, वहीं खड़े दिखाई दिए। मैं समझ गया मेरे प्रस्थान का समय आ गया था और उसी मार्ग से होकर जाना था, जहां वर्षों पहले मेरे जीवन की दिशा निर्धारित हुई थी।'

'सुबह-सवेरे, दिन का प्रकाश भी अभी नहीं फैला था कि झोले में एक जोड़ी कपड़े और कुछ आवश्यक सामान डालकर तैयारी कर ली। शाम को झोला कंधे पर लटकाया और निकल पड़ा घर से। सब लोग अपने कमरों में विश्राम कर रहे थे। किसी को आभास भी नहीं हुआ कि मैं विदा ले रहा हूं। पता नहीं क्या हुआ कि पांव झील की ओर बढ़ गए। मैं स्वयं समझ नहीं पा रहा था कि मैं उधर क्यों जा रहा हूं। वहां पहुंचते ही भेद समझ में आ गया। नेहा वहां उसी पत्थर पर निश्छल बैठी थी, जहां उसे पिछली बार छोड़कर मैं गिरिजा की ओर बढ़ गया था।' मैं ठिठका।

'तुम यहां इस समय अकेली क्यों आई हो?...और तुम्हें कैसे ज्ञात था कि मैं आज इधर से गुजरूंगा।'

नेहा की नजर मेरे झोले पर गड़ गई। वह बोली, 'मैं तो प्रतिदिन सुबह-शाम यहां आती हूं। विश्वास था जब भी जाओगे, यहीं से होते हुए जाओगे।'

मेरा हृदय द्रवित हो उठा। इच्छा हुई अपने आशीर्वाद से उसके आसपास सुरक्षा का घेरा बना दूं। उसके सिर पर हाथ रखकर कहा, 'ईश्वर तुम्हारा कल्याण करे। कभी किसी नए दुःख का साया तुम पर न पड़े।'

उसने कातरता से मेरी ओर देखा। आंखों से टप-टप आंसू बहने लगे।

'मुझे आने दो अपने साथ, यहां मेरा कोई नहीं।'

'यह कदापि नहीं हो सकता।' मैंने कठोरता से कहा और चल पड़ा। बिना पीछे मुड़े मैं दूर तक चलता चला गया। नेहा की मूर्खता से मन खिन्न अवश्य हो उठा था, फिर भी उसे पूर्ण रूप से दोषी नहीं ठहरा पा रहा था। न उसका, न मेरा दोष था। दोष किसी का था तो भाग्य का था कि हम जीवन की इस अवस्था में इन परिस्थितियों में मिले थे, जो परस्पर आकर्षण हमें बांध रहा था, वह टल नहीं सकता था, बल्कि उसका न होना एक प्रकार की अनहोनी होती, परंतु यदि जीवनभर नहीं मिले थे तो अब ही क्यों मिले?'

'मैं अपने विचारों व मनोभावों में उलझा शहर की सीमा तक पहुंच गया। चारों ओर उबड़-खाबड़ पहाड़ी रास्ता और ऊंचे-ऊंचे वृक्ष थे। अंधेरा घिर रहा था। मैंने यूं ही एक स्थान पर रुककर चारों ओर दृष्टि घुमाई। शीघ्र ही जंगलों और पहाड़ों में मेरा बसेरा होगा और मुझे मेरे ईश्वर से दूर रखनेवाला कोई सांसारिक बंधन नहीं होगा। जैसे ही मैं पीछे की ओर मुड़ा, स्तंभित रह गया। चालीस-पचास फीट की दूरी पर एक सफेद छाया मेरी ओर बढ़ रही थी। सोचने की आवश्यकता

नहीं थी, वह नेहा थी। उसे देखते ही मैं घबरा गया। बिल्कुल अव्यवस्थित हो गया। रात के समय शहर से बाहर इसका क्या करूंगा? अंधकार में उसे अकेली वापस लौटने को भी नहीं कहा जा सकता था। अपने से बहुत दूर रखूंगा तो इसकी रक्षा कैसे होगी। कैसी विपत्ति की घड़ी थी।'

'वह मुझसे दस फीट के अंतर पर अपराधिनी-सी सिर झुकाए खड़ी हो गई। मेरा मन प्रेम और करुणा से पिघलने लगा। मेरा अंतर्मन कह रहा था इस सुकुमार काया की रक्षा करना मेरा धर्म था। मैं क्या कर रहा था इसके साथ। जिस पर इसका अधिकार था, वह किसी और को देता रहा जीवनभर और वनवास इसके नाम लिख दिया। फिर भी उसको संबोधित करके कहा, 'यह तुमने ठीक नहीं किया नेहा! इसका परिणाम कदाचित् अच्छा नहीं होगा।'

'तुम्हारे जैसा ज्ञान मुझे नहीं।' उसने पहली बार दृढ़ स्वर में मुझे उत्तर दिया, 'किसी प्रश्न का उत्तर भी मेरे पास नहीं, न ही तुम्हारी तरह भविष्य में झांक सकती हूं। मैं तो केवल इतना जानती हूं, इस संसार में मेरे लिए अब कोई जगह नहीं रही।'

'जिद न करो नेहा! वनवास काटना सहज नहीं।'

'जिस दिन तुम्हें पहली बार देखा था, मेरे लिए तो उसी दिन वनवास आरंभ हो गया था।'

उसने फिर सिर झुका लिया। उसके हिलते कंधों और कंपकंपाती देह से स्पष्ट था कि वह रो रही थी, बिना आवाज किए। वह एक क्षण मेरे जीवन का सबसे दुर्बल क्षण था। आज भी स्वीकारता हूं कि गुरु को वचन नहीं दिया होता तो मैं तभी नेहा को बांहों में समेटकर कहीं और चल दिया होता। जीवन की दिशा ही बदल गई होती। मेरा मन डावांडोल होने लगा। नेहा की दशा ऐसी नहीं थी कि उस समय उसे कुछ कहता। ईश्वर के भरोसे सब छोड़कर पासवाले गांव की ओर बढ़ने लगा। नेहा एक उचित दूरी बनाए रही, यह भी भाग्य का कैसा परिहास था।

'जब तक नेहा के विषय में कोई निर्णय न ले लूं, मैं उसे लेकर लोगों के सामने नहीं जाना चाहता था। इसलिए गांव की सीमा पर ही एक बूढ़े दंपती के आतिथ्य में रात काट ली। अगले दिन सूर्योदय से पहले ही उठकर वहां से चलने की तैयारी की।' पुनः नेहा को समझाने की चेष्टा की, 'घर लौट जाओ। अब भी कुछ विशेष नहीं बिगड़ा, लेकिन इसके बाद फिर कभी वापस न जा सकोगी और यह राह बहुत दुर्गम है।'

'अब लौटकर नहीं जा सकती।'

'मैं चुपचाप आगे बढ़ने लगा। सोच लिया अब उससे कुछ नहीं कहूंगा। दिन के उजाले में फिर बुद्धि अधिक काम करने लगी थी और परिणामस्वरूप मुझे नेहा पर फिर क्रोध आने लगा था। मूर्खा! मेरी जीवनभर की साधना को निष्फल करने पर तुली थी, परंतु इसे ज्ञान नहीं मैं स्वयं को किसी दुर्बलता का शिकार नहीं होने दूंगा। यह सोचकर मन में और क्रोध उबलता कि नैनीताल में दोनों परिवार क्या सोच रहे होंगे, कैसे-कैसे अनुमान लगा रहे होंगे।'

'कई दिन हम यूं ही चलते रहे। संध्या ढलते ही जहां भी रुकते, मैं ध्यान लगाकर अवश्य बैठता। आरंभ के उन दिनों में तो चित्त एकाग्र करने में कठिनाई होती थी। अंधेरा घिरते ही नेहा की चिंता अधिक सताने लगती। अब तक मन को इतना तो साध लिया था कि दिनभर उसकी परवाह नहीं करता था, भरसक देखता भी नहीं था उसकी ओर, लेकिन शाम होते ही उसकी सुरक्षा की चिंता मेरी उदासीनता को छिन्न-भिन्न कर देती थी। वह स्त्री थी, यह मैं भूल सकता था, परंतु वह सबसे पहले एक मनुष्य थी, यह मैं कैसे भूलता। दूसरी ओर उसके प्रति मन में पलता रोष भी बढ़ता जा रहा था। बिना उसकी इच्छा जाने जहां मेरा मन चाहता, मैं वहीं रुकता। अधिक-से-अधिक समय आबादी से दूर बिताता ताकि नेहा को अधिकाधिक कष्ट हो। वह तो मेरे पीछे आकर सब कुछ गंवा ही बैठी थी, मेरी भलाई इसी में थी कि वह अब भी लौट जाए। दो-एक बार फिर से आग्रह किया कि वापस चली जाए। लोकलाज के कारण वापस नहीं जा सकती तो मार्ग में किसी गांव में रुक जाए। उसने अपनी हठ को नहीं छोड़ा। उसके हठ से मैं वास्तव में क्रोधित होने लगता। अतः मैंने अपने-आपको पत्थर का बना लिया उसके प्रति। अपने आपको समझा लिया कि उसकी रक्षा का भी दायित्व नहीं मुझ पर। मैं स्वेच्छा से तो लाया नहीं था उसे अपने साथ।'

'अकेला होता तो शायद अब तक ऊंचे-ऊंचे पहाड़ों पर चला गया होता और आकाश तथा ईश्वर के समीप होता। नेहा के कारण ऐसा नहीं कर पाया। सोचा कुछ महीने केवल वनों में घूमता हूं। तब तक शायद यह अपने हठ से स्वयं हार जाए। मेरे पास तो समय-ही-समय था। कई दिन लगातार ध्यान और तपस्या से मन को शुद्ध किया। एक बार फिर स्वयं को ईश्वर के चरणों में समर्पित करने का वचन दिया अपने स्वर्गवासी गुरु को। मन की शांति लौटने लगी। नेहा का ध्यान चौबीस घंटे में एकाध बार आ जाता तो आ जाता। उसको अपने मन से

परे धकेलता चला जा रहा था मैं। कर्म उसका था, परिणाम भी उसी का हो। मैं तपस्वी हूं, जीवनभर की तपस्या को व्यर्थ नहीं जाने दूंगा।'

'मैंने समाधि लगाने का अभ्यास आरंभ कर दिया। गुरु को स्मरण करके, ध्यानस्थ हो जाता। कुछ ही दिन के अभ्यास के पश्चात मैं सफल होने लगा। पहले घड़ी, दो घड़ी, फिर कुछ लंबे समय के लिए समाधि लगने लगी। जब भी समाधि खुलती, नेहा कुछ दूरी पर किसी पेड़ से सिर टिकाए बैठी नजर आती। मेरी आंख खुलते ही वह उठकर नजर से ओझल हो जाती।'

'एक सुबह यूं ही टहल रहा था इधर से उधर, कि कुछ दूरी पर वह बैठी दिखाई दी। उसके आसपास पंद्रह-बीस रंग-बिरंगे पक्षी घूम रहे थे। कभी कोई उड़कर उसके कंधे पर बैठ जाता, कोई गोद में। मैं उसी दिशा में बढ़ गया। मेरे समीप आते ही उसके सारे पक्षी उड़ गए। मैं कुछ देर चुपचाप उसके सामने खड़ा रहा। उसने दृष्टि उठाकर मेरी ओर देखा भी नहीं। मैंने लक्ष्य किया वह पहले से बहुत दुबली हो गई थी। यकायक इच्छा हुई उससे बात करूं।' मैंने पुकारा, 'नेहा!'

'मेरा स्वर सुनते ही उसकी देह कांपी, लेकिन उसने मेरी ओर नहीं देखा। यह कैसा हठ था। मैं जब आंखें बंद किए समाधि में बैठा होता तो वह टकटकी बांधे मुझे देखती रहती। वन के पेड़-पौधों, पक्षियों से बात करती, मगर मैं बुला रहा था तो मेरी ओर देखने को भी तैयार नहीं थी। मैंने और अधिक समय गंवाना उचित नहीं समझा और दूसरी ओर मुड़ गया।'

नेहा से अब इतना ही संपर्क रह गया था कि कभी समाधि टूटती तो वह सामने से उठकर जाती हुई नजर आ जाती। दिन में टहलते हुए भी कभी-कभी उसकी झलक मिल जाती—कभी जंगली फूल तोड़ते हुए, कभी पक्षियों के बीच बैठे हुए। मेरे पांवों की आहट वह अवश्य सुनती होगी, परंतु उसकी आंखें ऊपर उठना ही भूल गई थीं। यह कैसा प्रेम था उसका। इस लोक का तो नहीं ही था। मेरी तपस्या से अधिक कठिन थी उसकी तपस्या। देह उसकी दिन-प्रतिदिन क्षीण होती जा रही थी, परंतु चेहरे के लावण्य में कोई अंतर नहीं था। मैं सच्चे मन से उसे आशीर्वाद देता, 'हे परमात्मा, इसकी भटकती आत्मा को शांति दे। इसके पथ पर ज्ञान का प्रकाश कर।'

'अधिक क्या सुनाऊं बेटी! वनों में वास करते यूं ही चार-पांच मास व्यतीत हो गए। मेरे लिए नेहा की उपस्थिति, बल्कि उसका अस्तित्व अब नहीं के बराबर रह गया था। उसकी रक्षा-सुरक्षा की चिंता भी अब अधिक नहीं सताती थी मुझे।

वह कैसे गुजर करती थी, कहां रहती-सोती थी, मैंने इस विषय में शायद ही कभी सोचा। कभी दूर से उसे या उसके पक्षियों को देख लेता तो जान लेता कि वह है और कुशल से है।'

'एक दिन लगभग आठ-दस घंटे की समाधि के बाद सांझ के समय आंख खुली, तो सदा की भांति कुछ दूरी पर नेहा दिखाई दी, परंतु उस दिन वह सदा की भांति वृक्ष के तने से सिर टिकाए नहीं बैठी थी, बल्कि गठरी-सी बनी लेटी हुई थी। ऐसा लग रहा था जैसे बैठी-बैठी थककर लेट गई हो। मैं कुछ घबरा-सा गया। समीप जाकर देखा, उसके आगे दो-चार जंगली फूल पड़े थे। आंखें मुंदी हुई थीं। सो रही थी शायद।'

मैंने धीरे से पुकारा, 'नेहा!' एक बार, दो बार, चार बार। कोई उत्तर नहीं। मैं वहीं धरती पर बैठकर पुकारने लगा। उसके शरीर में कोई गति नहीं हुई। मुझे पसीना आने लगा। कांपते हाथ से उसकी कलाई पकड़ी और नाड़ी देखने लगा। कोई स्पंदन नहीं। उसके माथे पर हाथ फेरा। बर्फ-सा ठंडा। नेहा नहीं थी।

मैंने पहली बार जाना मनुष्य के भीतर का तूफान क्या होता है। मेरे भीतर उस दिन उठा तूफान आज तक नहीं थमा। मैंने जाने किस ईश्वरीय शक्ति की सहायता से रात होने से पहले ही उसका संस्कार कर दिया। जंगल से सूखी लकड़ियां बटोरकर उसकी देह को अग्नि दी तो यही विचार मन को मथता रहा, 'यह कैसा नाता जोड़कर आई थी मुझसे। जीवित रहते जिसने इसे पहचानने से भी इंकार किया, वहीं मैं आज इसका अंतिम संस्कार कर रहा हूं।' रातभर उसकी जलती चिता को देखता रहा और हवा की सांय-सांय सुनता रहा। रातभर उसी के विषय में सोचता रहा।

'नेहा की मृत्यु के बाद लगभग एक महीने तक जंगलों में बहुत भटका। जहां उसकी मृत्यु हुई थी, उस स्थान को तो अगले ही दिन छोड़ दिया। आगे ऊंचाई पर चला गया। कहीं मन को चैन नहीं मिला। हर समय नेहा मेरे विचारों पर छाई रहती। बहुत यत्न करता ध्यान लगे, समाधि लगे, किंतु सफल नहीं हो पाता। मुक्ति के समस्त द्वार मेरे लिए बंद हो गए थे जैसे। वह तो अपना मोक्ष पा गई थी। किसकी आत्मा के कल्याण के लिए प्रार्थना करता था मैं? किसकी आत्मा को भटकने से बचाना चाहता था? भटकने के लिए तो वह मुझे छोड़ गई थी संसार में। उसने एक बार अपना मार्ग चुन लेने के बाद मुड़कर कभी नहीं देखा जीवन में। पूरी निष्ठा से निभाया था उसने अपने प्रेम को और अब अनंत

में लीन हो गई थी। मुझे ही मेरा ईश्वर अभी तक नहीं मिला। मैं इसी सजा का अधिकारी था शायद। नेहा का तिरस्कार करने के लिए मुझे यही दंड मिलना चाहिए था। जिसे मेरी आत्मा पहचानती थी, जिसे मेरा रोम-रोम स्वीकारता था, उसी प्रेम को नकारा था मैंने, झूठी सांसारिक मर्यादा के लिए। कहूं तो मैं नेहा से नहीं, अपने से भागता रहा था।'

मैं कितनी देर तक हतप्रभ-सी बैठी रही, मुझे ध्यान नहीं। होश आया तो पूछा, 'उसके बाद क्या हुआ, बाबा?'

'उसके बाद क्या होना था। नेहा के जीवित रहते तो उसकी व्यथा से आंख चुराता रहा। उसका हक उसे दे नहीं पाया। सब कर्तव्य निभाए जीवनभर, परंतु उसकी आहुति दे डाली अपनी इच्छाओं पर। कभी दो पल ठहरकर यह भी नहीं सोचा कि उसका बलिदान कर रहा हूं कि उसके मूल्य पर मोक्ष का अधिकारी होने चला हूं, और क्या मोक्ष प्राप्ति का यही एक मार्ग था? नेहा की आत्मा नहीं पा गई अपनी मुक्ति?'

'खैर जो भी हुआ, उसके लिए मैं स्वयं को अपराधी अनुभव करने लगा। इसलिए सोचा, नेहा के प्रति किए अन्याय का प्रायश्चित करना होगा और वह संसार में रहकर ही संभव होगा। वैसे भी मोक्ष का अर्थ जीवन से बच निकलना नहीं है। मैं वापस संसार की ओर चल पड़ा। पहले हरिद्वार की ओर निकल गया क्योंकि गुरुजी ने वहीं देह त्यागी थी। उसके बाद दिल्ली भी रुका कुछ दिनों के लिए। घर बहुत जल्दी लौटने का भी मन नहीं था। तुमसे जब भेंट हुई, उस समय मैं काठगोदाम में अपने एक मित्र के पास दो दिन ठहरकर आ रहा था।'

'आपके परिवार को बहुत हर्ष हुआ होगा आपको देखकर।'

बाबा फीकी हँसी-हँस दिए। कहने लगे, 'यहां किसी के जीवन में कोई अंतर नहीं आया। पार्वती पूर्ण रूप से अपनी गृहस्थी में रची-बसी है। मेरे आने-जाने से किसी का कुछ बना-बिगड़ा नहीं। केवल मेरे भीतर ढेर से जंगल उग आए हैं, नेहा की मृत्यु के पश्चात। मैं आज भी उनमें भटक रहा हूं।'

मैंने हिचकते हुए कहा, 'आप बुरा न मानें तो एक बात...क्या नेहा के विषय में किसी ने पूछा?'

बाबा एक बार फिर खोखली हँसी हँसकर बोले, ''पार्वती जब-तब तीखी निगाहों से देखकर मन-ही-मन कुछ हिसाब तो लगाती है, परंतु आज तक उसने यह नहीं पूछा कि मैं इतने दिन कहां रहा और वापस क्यों लौट आया। उसका

भी क्या दोष? मैं उसकी कसौटी पर भी तो पूरा नहीं उतरा। जिस दिन लौटा था, उसी रात गिरिजा के घर अवश्य गया था। गिरिजा रोता हुआ गले से लग गया और दबे स्वर में पूछा, 'नेहा?' मैंने केवल इतना ही कहा, 'मेरे साथ थी, परंतु अभी कुछ मत पूछना। दो-चार दिन में स्वयं बता दूंगा।'

बाबा मौन हो गए। समझ नहीं आया उनसे क्या कहूं। शब्द बहुत हीन हो जाते हैं कभी-कभी। मैं उठकर चली आई। बाबा का शोकग्रस्त, गंभीर चेहरा हट नहीं रहा आंखों से। हे दिव्य पुरुष! तेरी नेहा कैसी रही होगी!

उसके बाद आज तक नैनीताल जाना नहीं हुआ। आरंभ में एक-दो वर्ष बाबा बहुत याद आते रहे। बहुत मन होता रहा उनसे मिलने का, परंतु जीवन की दौड़-धूप ने अवकाश नहीं दिया इतना। पता नहीं वे अब इस संसार में हैं भी या नहीं।

• • •